U0944316

来一点信仰

[美]米奇·阿尔博姆——著
吴正——译

Mitch Albom

HAVE
A LITTLE FAITH

上海译文出版社

作者的话

这个故事贯穿了八年。因为有了两个非常特殊的人，阿尔伯特·刘易斯和亨利·科温顿的配合，才有可能有这本书。他们和我详细地分享了他们的过去。他们的家人、孩子、以及孙辈们也参与其中。对于他们，作者将永怀感激之心。此书中所有的事情和对话都是真实的，但为了讲述的关系，有几处在时间点上和事实略有出入，比如说某年十月的一次讨论，被放到了次年十一月来讲述。

尽管这是一本关于信仰的书，但必须指出，作者并非宗教领域的专家，而且这本书也没有规劝人们信仰某种宗教的意图。写这本书是希望大家能够在这个故事里发现各种信仰的某些共通之处。

此书的封面设计是受阿尔伯特·刘易斯所用的祈祷书的启发，那本旧书是用橡皮筋绑起来的。

谨遵什一税的规定，作者将写作此书所得收入的十分之一捐给慈善事业，包括此书中所提到的基督教会，犹太堂和无家可归者的收容所。

最后，谢谢老读者们的一贯支持，并感谢新读者们的加入。

目 录

秋

冬

后记

致谢

终于,要献上一本书给我的父亲,

艾拉·阿尔博姆

他是我始终信赖的人

故事开始的时候……

故事开始的时候,他问了这样一个问题。

“你可以为我致悼词吗?”

我说我不明白。

老人重复了一遍:“我的悼词。我去世了之后。”他的眼睛在玻璃镜片后眨了眨。他修剪齐整的胡子是灰色的。他还有点驼。

你快要死了吗?我问。

“还没。”他微微一笑。

那,为什么……

“因为我觉得你是个理想的人选。而且我觉得到那个时候,你会知道要说些什么。”

想象一下你所认识的最虔诚的人。你的神父。你的牧师。你的拉比。你的伊玛目[①]。再想象一下,他拍着你的肩膀,要你在他死后代他向这个世界致辞告别。

想象一下一个送人们去天堂的人,把他自己去天堂的送别任务交给了你。

“怎么样?你愿意接受吗?”他问。

* * * * * *

另一个故事开始的时候，有这样一个问题。

“耶稣，你会拯救我吗？”

这个人端着一把猎枪。他躲在布鲁克林区一排连栋屋前的垃圾筒后。夜已深。他的妻子和幼女在哭泣。他盯着街上开来的每一辆汽车，非常确信下一盏车灯带来的就是要夺取他性命的杀手。

“耶稣，你会救我吗？”他问，身体在颤抖，“如果我发誓皈依你，你今晚会救我吗？”

想象一下你所认识的最虔诚的人。你的神父。你的牧师。你的拉比。你的伊玛目。再想象一下，他裹着一身脏衣服，拿着枪，在一堆垃圾桶后乞求上帝的拯救。

想象一下一个送人们去天堂的人，乞求自己不要被打入地狱。“上帝啊，如果我发誓……”

******

这是一个关于信仰的故事，讲的是我如何从两个截然不同的人那里学会了信仰。写这个故事花了我很长时间。因为写这个故事，我拜访了很多地方，走进基督堂和犹太堂，步入郊区

① 伊玛目：清真寺内率领伊斯兰教徒做礼拜的人。

和闹市，去到这个世界上持有不同信仰的“我们这里”和“他们那里”。

最终，这个故事把我带回了家乡，带到了一个信徒众多的教堂，带到了一口松木灵柩前，带到了一个失去讲道者的讲道台前。

故事开始的时候，有这么一个问题。

这个问题也是最后的请求。

“你能为我致悼词吗？”

而且，就像在信仰这个问题上经常发生的那样，我以为别人要我帮忙，其实被帮到的人是我。

春 夏 秋 冬

那是一九六五年……

……爸爸像往常那样送我去参加周六早礼拜。

“那是你应该去的。”他这样告诉我。

我七岁，太小了，没能提出一个显而易见的问题：为什么我应该去而他不去？我按照指示，走进教堂，沿着长走廊走到尽头，转个弯，走进边上一个专门为儿童开设主日学校的小礼拜堂。

我穿着白色短袖衬衫，别着领结。我拉开木门。几个小小孩在地上爬。另外几个三年级的学生在打哈欠。还有那几个穿着黑色棉质紧身裤的六年级女孩，正懒散地坐着，讲着悄悄话。

我抓起一本祈祷书。因为后排的座位都坐满了，我挑了个前排的位子坐下。门突然打开，房间里安静下来。

为上帝工作的人走了进来。

他走起路来像个巨人。他的头发又浓又黑。他穿一件长袍。他一开口，声音洪亮，他的胳膊舞动起来，长袍像被单一样在风中飘。

他讲了一个《圣经》故事，问了我们一些问题。他在台上大步流星。他走到我的近处，我感到一阵燥热。我赶紧祈祷，求上帝让我立马消失。上帝啊上帝，求求你了。

那是我一天中最虔诚的祷告。

三月

伟大的逃跑之传统

亚当躲进了伊甸园。摩西要替代他的兄弟。约拿跳上一艘船，后来落入鲸鱼的肚子。

人要从神那里逃跑。这是个传统。所以可能我只是继承了这个传统，从我会走路开始，我就想要离阿尔伯特·刘易斯远远的。当然，他不是上帝，但在我的眼里，他是和上帝最接近的人，一个神圣的、披着长袍的、说一不二的大拉比。我还是个婴儿的时候我父母就参加了他主持的教会。我坐在母亲的膝头听他布道。

但是，当我意识到他是谁之后——一个为上帝工作的人——我就逃了。如果我看到他沿走廊走过来，我跑。如果我必须经过他的办公室，我跑。当我长成一个少年之后，如果看到他走过，我就躲到走廊里。他很高，足有一米八三，在他面前我觉得自己很渺小。他透过黑边眼镜低头看我的时候，我很肯定他能看到我犯下的所有罪恶，发现我的缺点。

所以我逃。

我要逃得他再也看不见我。

******

想起这一切，是二〇〇〇年春天一个暴风雨之后的早晨，我开车去他家的途中。几星期前，八十二岁高龄的阿尔伯特·刘易斯在教堂的走廊上，向我提出了那个奇怪的请求。当时我刚刚做完一个演讲。

“你能为我致悼词吗？”

这让我不知所措。从来没有人向我提出过这样的请求。从来没有人——更不用说一个宗教领袖人物。当时周围有很多人，但他微笑自若地提出了这个问题，好像这是世界上最普通不过的问题，我好不容易挤出了一个回答，说自己需要时间再考虑考虑之类。

几天之后，我打了个电话给他。

我说，好的，我答应。我会在他的葬礼上讲话——但前提是他必须让我了解他在现实生活中是怎样一个人，那样我才知道该说些什么。所以我觉得我们需要见几次面谈谈才成。

“同意。”他回答。

转个弯，我就来到他住的那条街了。

******

老实说，那个时候，我所知道的阿尔伯特·刘易斯不过是一个听众对一个演讲者的了解：他的演讲风格，表现力，他威严的声音和舞动的手臂是如何让会众全神贯注的。没错，我们曾经还挺熟悉的。我孩提时代他教过我，而且，但凡有婚丧嫁娶之类家庭大事—— 我姐姐的婚礼，祖母的葬礼——都是他以神职人员的身份主持的。但是，我差不多有二十五年时间，和他没有什么往来了。再说，我们对我们的宗教领袖能有多少了解呢？你听他布道。你尊敬他。但是从人的角度而言呢？从我的角度而言，他如同一个离得远远的君王。我从没在他家吃过饭，也没和他交往过。如果他有什么缺点，我不了解。他个人的生活习惯？我完全没有概念。

哦，那也不全对。我知道他的一个习惯。我知道他喜欢把他的话唱出来。我们教堂的每个人都知道。在布道的时候，他能够把任何句子转换成歌词。交谈的时候，他会突然唱出名词或者动词来。他一个人就是一小台百老汇演出。

在他上了年岁之后，如果你询问他近况如何，他会挤挤眼，然后像指挥家那样举起一个手指，当成指挥棒，吟咏道：

“白发苍苍的大先生，
已经比不得过去，
比不得过去……”

我踩下刹车。我这是在干什么呢？我不是个合适的致悼词的人选。我已经不是个虔诚的信徒了。我甚至都不生活在这个州。再说了，他是专门在葬礼讲话的人，我不是。谁能够为专在葬礼上致悼词的人致悼词呢？我想我应该拖一拖，找个推辞的借口。

人总是喜欢从上帝那里逃开。

但现在，我正逆向而行。

遇见“大先生”

沿车道我走到门前，脚下的门垫四周散落着碎叶子和青草。我摁下门铃。这些平常不过的举动，却让我感觉很怪异。我想那是因为我从没有想象过一个神职人员会有门铃。但现在回头想想，我觉得那是我自己的问题，我不知道自己在盼望看到什么。那就是栋房子。他还能住什么地方呢？难道住在山洞不成？

因为门铃都让我感到了意外，应门铃之人更让我没有思想准备。他穿着袜子，凉鞋，一条长款的百慕大短裤①，领尖带纽扣的短袖衬衫，衬衫没有束进裤子里。在此之前，我所见到的到“大先生”不是穿着西装就是长袍。我和我的少年朋友们那时都叫他“大先生”。这名号可以归类在我们对超级英雄的称呼里：“大石头”②，“绿巨人”③，还有“大先生”。我说过的，那时候他是个令人生畏的角色，高大，严肃，大脸庞，浓眉毛，密密的头发。

“哈——罗，年轻人。”他快活地招呼我。

噢，嗨，我一边回答，一边刻意地把目光从他身上挪开。

离得近了，他看起来似乎有点弱不禁风。我第一次见到他裸露的上臂，瘦弱且布满了老年斑。他鼻梁上架着的镜片很厚。他不停地在眨眼，似乎是要看清楚某样东西。他那样子，好像是个老学究，穿衣服穿到一半，被人打断了。

“进——来，”他唱了起来，“进——来吧！”

他捋到一边的头发，介于灰白与雪白之间，下巴上花白的范戴克式胡子修剪得很短，但我还是注意到有几处没有修干净的地方。他朝书房走去，步履有些蹒跚，我跟在后面，看着他皮包骨头的腿，尽量缩小脚步，害怕会撞倒他。

怎样才能形容我那天的心情呢？我后来发现在《以赛亚书》里，上帝是这样说的：

“我的意念，非同你们的意念
我的道路，非同你们的道路
天怎样高过地，照样我的道路，高过你们的道路
我的意念，高过你们的意念。”

我应该有那样的感觉——低微，没有什么价值。我的意思是，这个人是耶和华的使者。我应该要仰视他的，对不对？

不过，我还是迈着小步跟上了他，这个穿着袜子和凉鞋的老头。当时我唯一的感觉就是他看起来傻呵呵的。

---

① 百慕大短裤：裤管至膝上一二英寸处，常以长筒袜相配，适用于步行。
② “大石头”（The Rock）：摔跤手德维恩·约翰逊的绰号。曾经是世界职业摔跤协会最年轻的冠军。
③ “绿巨人”（The Hulk）：美国著名科幻片中的人物，拥有超人的巨大能力。

一点历史

我应该交代一下，我为什么不想接受这个致悼词的任务，或者说，故事开始的时候，我的宗教立场。老实说，我的立场是没有立场。你知道基督教是如何描述堕落天使的。或者再想想《古兰经》是如何形容拒绝向神的创造物低头的伊比利斯[①]的下场的。

但在现实生活中，堕落其实并没有那么戏剧化。你是不知不觉中走远的。走着走着就迷失了。

我知道。因为我就是那样的。

唉，我是多么有可能成为一个虔诚的人啊。我有成千上万次的机会。我出生于新泽西郊区一个中产家庭，父母一周三次把我送到“大先生”主办的《圣经》学校。一种选择是欣然接受，另一种选择是像个犯人似地被拽去。我属于后一种情况。我(和街区里其他几个犹太家庭的孩子一起)坐在车上，羡慕地看着那些基督教家庭出生的朋友们在街上踢球玩。为什么是我？我愤愤地想。在课堂上，老师会发些小饼干给我们吃，我坐在那里，舔着饼干上的小盐巴，懵懵懂懂的，一心盼着快点下课，那样就自由了。

十三岁的时候，同样，在我父母的要求下，我不仅接受了严格的训练，参加了教会的坚信礼[②]，我还学会了如何吟诵《摩西五经》[③]，也就是《旧约》的前五卷。在周六的早礼拜上，我还经常上台读经。我得穿上唯一的一套西装（当然是海军蓝色的），站在一个木箱上，因为只有这样才够高，能够看得到经卷。“大先生”就站在几步之外看着我。我完全有机会在仪式结束之后和他攀谈，谈论那一周的宗教命题。但我从来没有那样做过。仪式结束后，我会和他握握手，然后赶紧逃到我爸爸的车里，回家去。

读高中的时候——在我父母的再次坚持下——我上了一个私立高中，一半的时间学世俗知识，一半的时间学神学。除了几何和欧洲历史，我学习了希伯来文的《出埃及记》《申命记》《列王纪》《箴言》。我还写过关于方舟，吗那[4]，卡巴拉教[5]和耶利哥城墙的文章。我甚至还学过古亚拉姆语[6]，因为这样我就可以翻译十二世纪犹太哲学家拉什和马蒙尼德关于犹太法典《塔木德经》的论著。

到了该上大学的时候，我进了马萨诸塞州一所小型私立大

---

① 伊比利斯：来自犹太传承中的阿撒兹勒，字意即为“绝望”之意。神话中传说他原为魔灵撒以旦，被天使们抓住后，经过自身的奋斗坐上了大天使的职位，但在安拉创造了人一阿丹（Adam）之后，神很满意最初人类的完美，让他作为神新的代理人，而命天使群都要对人敬重，但伊比利斯以“不向神以外的偶像崇敬”为由，说：“火之子焉可拜土之子。”他因而被罚，变回原来的魔灵在人间游荡专吃人们死后的灵魂。

② 坚信礼：犹太男孩的成人仪式。孩子只有被施坚信礼后，才能成为教会正式教徒。

③《摩西五经》：又译为《托拉》，为犹太律法。希伯来文意为“教谕”。狭义专指《旧约全书》前五卷中的律法，据说是上帝授予摩西的。

④ 吗那《圣经》故事所述，古以色列人经过荒野所得的天赐食物。

⑤ 卡巴拉教：犹太教中的一支。

⑥ 亚拉姆语（中文又译为阿拉姆语、亚兰语、阿兰语、阿拉米语或阿拉美语）是闪米特语族的一种语言，与希伯来语和阿拉伯语相近。亚拉姆语有3 000年的历史，是世界上少数存活了上千年的古老语言之一。它是《圣经·旧约》后期书写时所用的语言，并被认为是耶稣基督时代的犹太人的日常用语，《新约》中的《马太福音》即是以此语言书写。

学，布兰迪斯大学。这个大学有很多犹太裔学生。为了补贴学费，我到波士顿的一个教会里组织过几个青年社团。

也就是说，在大学毕业走上社会之前，我接受了一个非宗教人士所能接受的最好的宗教教育。

然后呢?

然后我几乎是逃跑一样远离了我的宗教。

＊＊＊＊＊＊

那不是叛逆。也不是信仰的迷失。坦诚一点说，那是漠然。因为没有那样的需要。我成了一名体育记者，事业发展得不错。工作占据了我的生活。星期六早上我要报道大学橄榄球赛，周日早上则是专业橄榄球赛。我不再参加礼拜。哪来的时间呢？我过得不错，身体健康，收入稳定，社会地位逐步改善。我觉得，我没有什么要向上帝祈祷的，只要我不去害人，上帝对我应该也没有什么别的要求。我们之间基本上达成了类似“你走你的阳关道，我过我的独木桥”的约定，至少我是这么想的。我不再遵从任何宗教仪式。我约会的女孩，有着不同的宗教信仰，最后我娶了一个漂亮的黑发女孩，她有一半黎巴嫩血统。每年十二月，我给她买圣诞节礼物。我们的朋友们打趣说：犹太小子娶了信仰基督教的阿拉伯人。祝你们好运吧。

岁月荏苒，我越来越无法忍受那些彰显与众的宗教行为。

对于那些有着热诚宗教信仰的人，我退避三舍。我在政界和体坛所目睹的虚伪的虔诚——从情人住处赶去参加教堂礼拜的议员们；先是弄虚作假，再为了比赛结果而下跪祈祷的橄榄球教练们——这一切让信仰变得不可信。此外，美国的犹太人和虔诚的基督徒，伊斯兰教徒，或者是穿纱丽的印度人一样，内心总觉得太表露自己的身份信仰，会惹人不快，所以大家在宗教问题上总是欲言又止。

所以我也闭口不谈。

实际上，这些年里我和宗教的唯一关联就是我童年时代在新泽西加入的这间教会。我始终没有加入其他教会。我不知道为什么。这种情况显然没有什么道理。我住在密歇根——那离我们的教会足有六百英里之远。

让我们这么说吧，我肯定可以找到一个更近的地方祈祷。

但是，我还是守着我的老地盘。每年秋天，我都飞回家，和爸爸妈妈一起参加犹太新年日的礼拜。或许是我太顽固了，不愿意改变。或许是因为这件事情并没有那么重要，没有必要去改变。但一个没有料想到的结果是，有一件事情因此而一直没有改变：

从出生那天起，我就有一名拉比——而且始终只有一位拉比。

阿尔伯特·刘易斯。

从始至终，他主持着同一所犹太教堂。

我们都是对一个教会从一而终的人。

我觉得，那可能是我们之间唯一的共同之处。

亨利的故事

我在郊区长大的同时，有个和我差不多岁数的男孩生活在纽约市布鲁克林区。有朝一日，他也在他的信仰问题上挣扎彷徨。但他的道路是截然不同的。

这个孩子睡觉的地方有老鼠出没。

亨利·科温顿在他爸爸威利和妈妈维尔玛·科温顿所生的七个孩子中排行第六。他们住在华伦街一间非常小、非常破的公寓里。四个男孩挤在一间卧室里，三个女孩睡在另一间。

厨房里老鼠肆虐。

夜里，为了防止老鼠窜到卧室里去，他们会留一盆米饭在桌上吸引老鼠。白天，亨利的大哥用BB枪来对付老鼠。亨利从小就怕老鼠，因为怕被老鼠咬而总睡不安稳。

亨利的妈妈是个女佣——通常为犹太人家庭服务——而他的父亲则是个高大、壮实的混混，特点是喜欢在家里哼歌。他的声音优美，像奥蒂斯·雷丁[①]。到了星期五晚上，他在浴室里边刮胡子边哼“粗腿的娘们”之类的小调，他的老婆听了总是怒火中烧，因为她知道他要去什么地方鬼混。接下来夫妻俩多半要干上一架。大声且凶蛮。

亨利五岁的时候，有一次父母酒后混战，在诅咒和尖叫声中，他的父母从屋内吵到了屋外。维尔玛拿出了一把点二二口径的来复枪，威胁要把丈夫给毙了。就在她拉下扳机的那一刻，一个赶来劝架的人喊着冲了过来："不，夫人，住手！"。

子弹射进了这个人的胳膊。

维尔玛·科温顿被关进了贝德福山监狱，那是一所警备森严的女子监狱。她在牢里待了两年。周末，亨利跟着爸爸去监狱看望她。隔着玻璃窗，他和她说话。

她会问："你想妈妈吗？"

亨利会回答："想的，妈妈。"

那几年，他瘦得皮包骨头，得吃一种奶油糖般的营养补充剂来增加体重。周日他会去家附近的一个浸礼会教堂，因为那个教堂的牧师在礼拜结束后带孩子们回家吃冰激凌。亨利很喜欢。他就是这样开始接触基督教的。牧师给他们讲耶稣和天父的故事。亨利看到过耶稣像，但上帝的模样却需要自己想象。在他的想象中，他觉得上帝像一块巨大的乌云。乌云有眼睛，但不是人类的那种眼睛。云上还顶着一个皇冠。

夜晚，亨利向云祈祷，让老鼠离他远远的。

---

① 奥蒂斯·雷丁：出生于1941年9月，是美国著名灵魂歌手。

关于上帝的文档

“大先生”领着我走进他的小书房。悼词这个开场白，显得太沉重，太尴尬，就好像医生和病人刚见面，病人就得脱掉自己的衣服让医生检查。你总不见得一见面就说：“让我们谈谈你死了之后我该说些什么吧？”

我开始闲扯。谈谈天气，再谈谈过去的老邻居。我们在屋里转了一圈，简单参观了一下。书架上塞满了书和文件夹。桌子上挤满了信和笔记本。到处都是打开的盒子，大概他在查看，或是整理什么东西。或者还有其他的原因。

他说：“好像我已经把自己大半辈子的经历都给忘了。”

那把这些再看一遍说不定还得用一辈子。

“嗬，说得好，说得好！”他笑道。

能逗他笑感觉蛮奇怪的。感觉特别的同时，好像还有对他不够尊重的意思。离他近了，他似乎不再如我年少时记忆中那么高大雄伟。那个时候，我在教堂的观众席上总是要抬头仰视他。

现在，我们站在了同一高度，他看起来似乎小了好几号。而且很虚弱。他的身高大概是因为年岁而缩了几英寸。他的阔脸颊现在有些下垂，不过他的微笑依然充满了自信，眼睛眯缝起来，依旧是个睿智的凝视。他的步伐变得小心翼翼，显然是怕站不稳而跌倒，死亡真的是离他不远了。我想问他，简简单单一个问题：还有多久？

但是，张开口，我问他那些文件夹里都是什么？

“哦，那都是些剪报，为布道准备的。我剪报纸，杂志。我是‘扬基快船’[①]。”他咧嘴笑道。

扬基快船？

我看到一个文件夹上贴着一个标签，上写“老年”。另一个巨大的夹子上写着“上帝”。

你有一个关于上帝的文件夹？我问。

“是的。麻烦你把这个夹子挪到下面一层去。”

我踮起脚，伸手够到那个夹子，小心翼翼地抽出来，尽量避免碰翻边上的东西，然后把它放在了低一层的搁板上。

他唱道：“靠近你，我的上帝。”

******

总算，我们坐了下来。我打开一个记事本。多年的新闻记者生涯使我养成了采访的习惯，他点点头，眨眨眼，似乎明白正事就要开始了。他的坐椅是低靠背，带轮子的那种，坐在上面可以让他在书桌和书柜之间滑来滑去。我坐的则是一把厚重的绿

① 杨基快船：一个著名美国棒球手的绰号。此处“快船”的英文又可以解释为“剪报的人”。

色皮扶手椅。太软了。我像个孩子一样陷在了里面。

“坐得舒服吗？”他问。

是的。我撒谎了。

“想要吃点什么吗？”

不用，谢谢了。

“饮料呢？”

也不必了。

“好吧。”

好的。

我还没有考虑过该如何开始提问。什么样的问题才合适做第一个问题呢？总结人的一生，该如何着手？我又瞟了一眼边上那个标着“上帝”的文件夹。或许，因此受到了启发（那个文件夹里会有些什么呢？），我冒出了一个对我面前的神职人员来说，答案再清楚不过的问题。

你相信上帝吗？

“是的，我相信。”

我把这记到我的笔记本上。

你对上帝说话吗？

“经常。”

你说些什么。

“最近吗？”他叹了口气。然后好像是自问自答：“这些天我说，上帝啊，我知道我很快就要和你见面了。见了面我们可得好好谈谈。但是，上帝，如果你真要带我走，请快快现在就带我走吧。如果你还要留给我一段时间，”说到这里，他摊开手掌，看着天花板，“那请你给我力量，让我做好应该做的事情。”

他垂下手臂。他耸耸肩膀。这是我第一次听他谈到自己的死亡。我突然意识到我所答应做的，不单是致悼词这件事情。我现在问的每个问题，其实最终都可以归结为那个我还没有勇气问出来的问题。

你死了以后我该怎么评价你呢？

“唉。”他叹了口气，又抬头看天花板。

什么？上帝回答你吗？

他微笑。

“我还在等。”他说。

那是一九六六年

……祖母来看望我们。我们吃完晚饭。餐盘被收拾走。

“今天是忌日。”祖母对妈妈说。

“在柜子里。”妈妈回答。

我的祖母矮矮胖胖的。她走到柜子前，以她的个子是够不到上面那层隔板的。

“跳起来帮我拿一拿。”她对我说。

我跳起来。

“看到那个蜡烛了吗？”

最上面那层隔板上有个盛着蜡的小玻璃杯。蜡烛芯在中间竖着。

“这个？”

“当心点。”

这是干什么用的？

“你祖父。”她回答。

我跳下柜子。我从没见过祖父。他死于心脏病。死的时候是夏天，在度假小别墅，他刚刚修好水槽。那年他四十二岁。

这是他的吗？我问。

妈妈把一只手放在我的肩膀上。

“我们把这个点燃了来纪念他。你可以去玩了。”

我向外走，但又偷偷回头看了一眼。妈妈和祖母站在蜡烛前，小声祈祷。

后来——等她们上楼之后——我又偷偷溜回那里。灯都关上了，蜡烛那微小的火焰照着灶台，水槽和冰箱的一侧。在我那个年龄，我还不懂那是个宗教仪式。我觉得那很神奇。我在想，祖父是不是在那里面呢，在那个小小的火焰里，孤零零一个人在厨房，困在那个小小的杯子里。

我不想死。

亨利的故事

亨利·科温顿接受耶稣为他救主的时候，只有十岁。那是在纽约州比佛希尔举办的一个小规模的《圣经》学习夏令营上发生的事情。对于亨利来说，这个夏令营意味着可以有两个星期的时间远离布鲁克林的喧嚣。到了这里，孩子们在户外嬉戏追逐，抓青蛙，采薄荷叶，把叶子放到盛水的大罐子里，放到太阳下晒。到了晚上，辅导员们在大罐子里加上糖，就成了薄荷茶。

一天晚上，一个肤色白皙、长相漂亮的辅导员问亨利愿不愿意和她一起祈祷。她十七岁，苗条，举止温柔；她穿一条棕色的裙子和白色有褶皱边的上衣，头发扎成一个马尾。她的美丽让亨利无法呼吸。

是的，他回答。他愿意和她一起祈祷。

他们走到简房外。

"你的名字是亨利，你是上帝的好孩子。"

"我的名字是亨利，我是上帝的好孩子，"他重复道。

"你愿意接受耶稣为你的救主吗？"她问。

"是的，我愿意。"他回答。

她抓住他的手。

"你愿意承认你的罪恶吗？"

"是的，我愿意。"

“你要耶稣原谅你的罪恶吗？”

“是的。”

她用她的前额贴着他的前额。她的声音变轻了。

“你是否请求耶稣主宰你的生活？”

“我请求他。”

“你愿意和我一起祈祷吗？”

“是的。”他喃喃地说。

天很热。夏季的暮色是红的。亨利感觉到女孩贴着他的额头很柔软，她的手紧紧抓住他的手，她低声的祈祷离他的耳朵是那么近。这一定就是救赎了。他全心接受这样的救赎。

第二天，他的一个朋友得到了一支BB枪，他们用枪追逐、射杀青蛙。

四月

和平教堂

我开着车，在霏霏春雨中慢慢前行。在约“大先生”第二次会面的时候，我要求去他办公的地方看看，因为给人写悼词需要知道他的工作表现，对不对？

穿行在我年少时所熟知的新泽西郊外的道路上，感觉怪怪的。那时候，这里是中产阶级聚居的地方：父亲们外出工作，母亲们在家煮饭，教堂的钟声时时响起——而我呢，则急不可耐地要去外面的世界。上完高三，我去了波士顿附近的一所大学就读，然后移居欧洲，返回纽约，再也没有回到这里生活过。对于我想要成就的事业来说，家乡这片土地像是太小了，待在这里就好像是被迫穿着不再合身的中学校服。我梦想去旅游，去结交海外的朋友。我听到了“世界公民”这个说法。我想要成为那样的人。

现在，四十出头的我，又回来了。路过一家超市的时候，我看到橱窗里有写着“果泥冰”的招牌。那是我们孩提时代喜欢的零食，有樱桃味的和柠檬味的，小的十美分，大的十五美分。在别处我还没见过有卖这个的。我看到有个男子舔着一杯“果泥冰”从店里走出来，我恍惚想着，如果我从没有离开这个地方，继续生活住在这里，舔着“果泥冰”，我的生活会是怎么样的呢？

我的思绪很快又回来了。我到这里是有目的的。等事情完成了，我也就该回家了。

******

停车场上几乎没有什么车。我朝有着高高玻璃穹顶的教堂走去，但心中并没有燃起什么怀旧之情。这已经不是我年少时参加礼拜的地方了。我们的教会，Beth Sholom（意为“和平之家”），和许多其他郊区的基督堂和犹太堂一样，几经搬迁，因为教会成员在不断搬家，搬往更富有的郊区，教会也就随着搬到更大的地方。我曾经以为基督堂和犹太堂应该像山那样，永远矗立在那里，永远是那个外形。但事实是，教会也得跟着顾客走。教堂也得建了再建。我们的犹太堂原来在一所改建的维多利亚式民居里，而现在的这个教堂，占地面积巨大，有宽敞的前厅，十九间教室和办公室，还有一堵墙用来纪念那些慷慨掏钱赞助教堂重建的信徒们。

就我而言，我还是比较喜欢我少年时教堂所在的那幢破砖房。从后面进去的时候，你可以闻到厨房飘出的香味。老教堂的每个角落我都再熟悉不过，包括放拖把的杂物间，因为小时候我们常藏到那里去。

我曾在那里躲过“大先生”。

话说回来，生活中还剩下什么东西是没有被改变过的呢？

******

“大先生”正在前厅等我。这次他穿着带领圈的衬衫，外罩运动款外套。他用一曲改编版的“你好，多莉”来欢迎我。

“你好，米奇，

你……好，米奇，

高兴看到你回来

回到你的故土……”

我勉强挤出一个笑容。我不知道我还能忍受他的“歌剧”多久。

我问他身体状况如何。他提到了常常发作的晕眩。我问严不严重。

他无所谓地耸耸肩。

“让我这么说吧，”他又唱了起来，“白发苍苍的老拉比……”

已经比不得过去，我抢着他的歌词说。

“哦。”

我突然感觉自己很糟糕，打断了他的歌。为什么我如此没有耐心呢？

我们沿着走廊朝他的办公室走去。因为已经处于半退休状态，所以他的上下班时间完全由他自己掌控。如果他要完全待在家里，也不会有人反对。

但如同宗教是基于仪式的，“大先生”也喜欢上班的仪式。他是从一九四八年开始组建这个教会的，刚开始的时候只有几十户人家参加，现如今，这个教堂的会众包括几千户家庭。我感觉“大先生”自己未必喜欢这样的大规模。成员太多了，他不可能去一一认识。教堂也请了新的拉比，一个比较资深的，一个是助手级别的，他们负责处理日常运作。若放在当初，也就是“大先生”刚开始创建这个教会的时候，找个助手肯定是个可笑的主意。他过去一直自己带着钥匙，连锁门的事情也是他自己做的。

“看。”

他指着一扇门后一堆包扎起来的礼物。

那是什么？我问。

“新娘的房间。婚礼开始前，她们在这里换衣服。”

他上上下下地看着礼物，兀自微笑。

“真漂亮，是不是？”

什么？

“生活啊。”他说。

那是一九六七年……

……家家户户都已经为圣诞节装饰一新。我们的邻居大多是天主教徒。

一个雪后的早晨，我和一个小朋友步行去学校。我们都穿着连帽外套和橡胶靴子。我们路过一栋小房子，房子前的草坪上放着一组真人大小的基督诞生雕塑。

我们停下脚步，仔细观看那些雕塑。有智者，有动物。

那个是基督吗？我问。

“哪一个？”

那个站着的。戴皇冠的。

“我觉得那是他爸爸。”

那他边上的那个是基督吗？

“基督还是个宝宝呢。”

在哪里？

“在摇篮里。你真笨。”

我们伸长脖子。但站在街沿上是看不清摇篮里的基督的。

“我进去看看。”我朋友说。

最好还是别进去了。

“为什么？”

你会惹上麻烦的。

我不知道我为什么会那么说。在那个年龄，我已经感觉到这个世界分成“我们”和“他们”。如果你是个犹太人，那你就不应该谈基督，或许连看都不该看。

“管它呢，我只不过看看。”我朋友说。

我紧张地跟在他后面走进去。雪在我们脚下发出很响的声音。走近了，那三个智者的形象看起来都很假，是用灰泥雕出来的，硬邦邦的“石膏皮肤”涂上了类似于橙子的颜色。

“那就是他。”我朋友说。

躲在他背后，我看到摇篮里，基督宝宝躺在画出来的稻草上。我打了个寒战。我似乎感觉到他就要睁开眼睛朝我们嚷：“我抓到你们啦！”

走吧，我们要迟到了。我一边说，一边往后退。

我朋友嘲笑我。

“胆小鬼。”他说。

亨利的故事

圣父是造物者，圣子耶稣是我们的救主，这些道理亨利很早就接受了，但亨利真正相信圣灵的存在，是十二岁那年，那是一个周五的晚上，在哈莱姆的真信堂。

当时教堂正在举行五旬节①礼拜——这个仪式出自于门徒们受耶稣召唤、接受"神灵降临"的典故。按照传统，人们要一一排队上前接受圣灵。亨利跟着人们走到讲坛前，轮到他的时候，有人在他身上涂了橄榄油，然后让他在铺在地上的报纸上跪下。

他听到有很多声音在说："呼唤他吧。"

亨利开始呼唤。他喊着耶稣，耶稣，耶稣，一遍又一遍，声音越来越急，连成了一串。他的身体前后晃动，嘴里一遍遍喊着耶稣的名。几分钟过去了。他的膝盖开始作痛。

"耶稣，耶稣，耶稣，耶稣……"

"呼唤他！呼唤他！"教堂里的会众齐声附和着。

"耶稣–耶稣–耶稣–耶稣–耶稣……"

"就要降临了！快呼唤他！"

他的头越来越沉重。他的胫骨抽筋了，很疼。

"耶稣耶稣耶稣耶稣耶稣耶稣耶稣耶稣耶稣耶稣……"

"来了！来了！"

"呼唤他！呼唤他！"

他浑身是汗,喘不过气来。十五分钟,或许二十分钟过去了。那些从他嘴里冒出来的词,跌打滚爬,越发含混不清,所有的音节都连在了一起,听起来已经不再像"耶稣"这个词了。他像是在喃喃自语,又像是在咕咕囔囔,他的口水不知不觉流了出来,打湿了报纸。他的舌头、嘴唇和牙齿好像组成了一台机器,疯狂地颤抖着……

"耶稣稣稣稣耶稣稣稣耶稣稣稣……"

"你要得救了!他要得救了!"

是的,他得救了。至少他认为自己得救了。他呼出一口气,长叹一声,几乎被自己的气息给呛住。他又长吸了一口气,努力让自己平静下来。他擦了擦下巴。有人把他刚才跪着的那张湿报纸揉成一团,丢在一边。

牧师问他:"你现在感觉如何?"

亨利喘着气答:"我感觉很好。"

"主将圣灵赐予了你,所以你感觉很棒对不对?"

确实,他感觉很好,尽管他不确定自己到底做了什么。但此时,面带微笑的牧师正请求上帝保佑亨利,那正是他所希望得到的,一个能够保护他的祈祷。这会让他回家的时候多一点安全感。

那一晚,亨利接受了圣灵。但很快,他也接受了其他东西。

---

① 五旬节:对基督教来说,五旬节就是圣灵降临在门徒身上,使门徒得到力量与说方言的恩赐,向别人传播福音的日子。

他开始抽烟。他尝试喝酒。六年级的时候，他因为和一个女孩儿打架而被学校开除了。没过多久，大麻也成了他生活的一部分。

一次，他听妈妈对亲戚朋友们说，在她说有的孩子中，论心肠论脾气，亨利是最合适的那一个。她的小男孩“有朝一日将成为一个牧师”。

亨利一个人偷着乐了。“牧师？知不知道我每天要抽多少大麻？”

信仰的考验

“大先生”在教堂的办公室和他家里的书房没有太大的区别。凌乱,东西堆得到处都是。纸张。信件。纪念品。还有些幽默摆设。门上贴着一张细数知足之福的纸条,几张搞笑海报,还有一个假的停车牌,上面是这样写的：

要是占了我的位子
我就让你没有面子

坐下后,我清了清喉咙。我的问题很简单。这个问题所涉及的内容,任何一篇像样的悼词都会需要。

你为什么会选择这一行?

“这一行?”

宗教。

“哦。”

你受到了神的召唤吗?

“我不会那么说。没有。”

没有异象发生吗?没有做了一个奇怪的梦吗?上帝没有以某种形式出现在你的面前吗?

“我想你是读书读多了。”

嗯,你说的是《圣经》?

他咧嘴笑了:“那本书里可没有我。”

******

我没有不尊敬的意思。因为在我的脑海里,拉比,神父,牧师和教士,都是站在圣坛上的人。我觉得他们生活在人间和天堂当中的那个层面上。神高高在上,我们在地上。他们在中间。

这个联想特别适用于“大先生”,至少在我小时候。除了因为他有魁梧的身材,出众的名声,更因为他的讲道。他的讲道充满了热情与幽默,时而慷慨陈词,时而轻声细语。布道,对于阿尔伯特·刘易斯来说,就好比让明星投手投一个快球,让帕瓦罗蒂唱一曲咏叹调。人们聚集到他主持的教会,就是为了听他的布道——我想他内心深处也明白这一点。而我还肯定在某些其他教会里,讲道还没有开始就有人开溜了。但这种情况绝对不会出现在我们的教会里。因为害怕迟到,错过了“大先生”的开场白,人们会紧张地看手表,并加快脚步。

为什么呢?我想那是因为他的讲道方式突破了传统。后来我才知道,他受训的布道方式是传统的、学院派的——从A点出发,通过分析和引用,到达B点——但经过两到三次的失败实践之后,他放弃了。听众们听着听着就走神了。太沉闷。他从人们脸上的表情就能够看出来。

他尝试从《创世记》的第一章开始，把文本分割成一个个最简单的章节，并把章节所传递的思想内容和日常生活联系起来。他提问题。他分析答案。一种新的布道方式由此诞生了。

一年又一年，布道慢慢演变成充满激情的表演。他演讲的时候有魔术师般的魔力，把观众的情绪从一个高潮推向另一高潮，一会儿是来自《圣经》的引语，一会儿又冒出一首辛纳特拉[①]的歌，一会儿是歌舞杂耍，一会儿是意第绪语[②]里的典故，有时候还会有观众的参与（“谁能上来帮我一下吗？”）。任何形式都是可能的。一次布道的时候，他拖出一个小板凳，坐在上面开始朗读苏斯博士[③]写的《乌龟耶尔特》的故事。还有一次，他为大家演唱了一曲《往日情怀》[④]。更有一次，他带来了一只西葫芦和一片木头，并分别用刀去砍这两样东西，他想要向大家证明，长得快的东西不长久，长得慢的才能保存更久。

他的布道，旁征博引，从《新闻周刊》，《时代周刊》和本地的《周六晚报》，到花生漫画史奴比，莎士比亚和电视连续剧《辩护律师》，都是他的灵感来源。他能够用英语、希伯来语、意大利语，

---

① 辛纳特拉：弗兰克·辛纳特拉，美国四五十年代流行男歌手。

② 意第绪语：意第绪语是希伯来语，德语，波兰语和多种其他语言混合在一起的特殊语言，原来主要在中欧和东欧的犹太人中间使用，现在在以色列的犹太人中间也通用。

③ 苏斯博士：二十世纪最著名的儿童文学作家之一。

④《往日情怀》：Those Were The Days，是1968年推出的一首流行歌曲，在当年欧美流行榜分别占据第一及第二位的位置，停留在榜十个星期以上，风靡一时，随即又推出了德文版、意大利文版、西班牙文版、法文版……后来翻唱此曲的歌手更是不计其数。歌词内容大致是讲述一群老朋友某日重聚，追忆往昔曾相聚在一间酒店，一起畅饮，谈论未来与理想。这是一曲缅怀意气风发，奋发进取的年轻时光的歌。

或者是假装出来的爱尔兰口音来传福音。他还在布道中加入音乐元素,从流行歌曲,乡村歌曲到古老的歌谣。我从“大先生”的讲道里学习到的语言的力量,要超过我从任何书本上所能够获得的。他布道的时候,你只要环顾四周,就可以看到人们是如何被他吸引住的。就算他在责备大家,听众们照样聚精会神。真的,他的演讲能让人屏气凝神,一气听他讲完才能长舒一口气,他就有那么棒。

******

正因为如此,我才想到从选择职业的角度考虑,他是否是受了神的启示。我还记得《圣经》中摩西和燃烧的荆棘的故事[①];以利亚和火里微小的声音的故事[②];巴兰和他的驴子的故事[③],约伯和飓风的故事[④]。我想一个凡人要传达神的旨意,必定是受了某种天启。

“并不总是以那种方式发生的。”“大先生”说。

那是什么让你入行的呢?

---

① 摩西和燃烧的荆棘:上帝在一丛燃烧的荆棘中和摩西说话,答应将以色列民族从埃及拯救出来。

② 以利亚和火里微小的声音的故事:神以一个微小的声音让以利亚了解真相,重整他的信心,可以继续勇敢地面对亚哈及耶洗别,扫除他以前胆怯的耻辱。

③ 巴兰和他的驴子的故事:上帝使巴兰的驴子开口说话。

④ 约伯和飓风的故事:上帝在飓风中对约伯晓以宇宙创造的奥秘,约伯在全能的上帝面前看到自己的渺小,承认世事太奇妙,是他无法明白的。

“我想过要当教师。”

一个神学教师？

“一个历史教师。”

在普通的学校里？

“就在普通的学校里。”

但是你去了神学院。

“我努力过。”

你努力过？

“第一次我失败了。”

你在开玩笑吧。

“真的。神学院的校长路易斯·芬克斯坦把我拉到一边对我说，‘阿尔，虽然你掌握了很多知识，但是我们觉得你不具备成为一个优秀的、能启迪人心的拉比的条件’。”

那你怎么办呢？

“还能怎么办？我退学了。”

******

这，让我很吃惊。关于阿尔伯特·刘易斯这个人，有很多可以谈论的，但若说他没有启迪、引领一个教会的能力？对于熟知他的人来说，这太不可想象了。或许过去的他，为人太温和。或者太羞怯，不适合做教会领袖。不管是什么原因，这一失败对他的打击非常大。

后来，他在纽约州波特杰微斯的一个夏令营找了一份当辅导员的临时工作。他辅导的孩子中有个特别不合群的。如果要求孩子们在某地集合，他必定会去另一个地方。如果要他们坐下，他就故意站起来。

这个孩子叫菲尼斯。那个夏天阿尔把几乎所有的时间都用来陪他，鼓励他，听他诉说问题，耐心微笑。阿尔理解一个孤寂少年的反叛心理。他自己在青少年时期就是一个生活在封闭的宗教环境里的胖孩子。几乎没有朋友。也从没正儿八经谈过恋爱。

所以菲尼斯在阿尔伯特·刘易斯那里发现了一个和自己相似，能够沟通的心灵。到夏令营结束的时候，那孩子已经完全改变了。

几星期后，阿尔接到菲尼斯爸爸的电话，邀请他去吃晚餐。原来，菲尼斯的爸爸是著名的犹太教学者和保守派领袖人物麦克斯·卡杜升。那一晚在餐桌旁，他说："听着，阿尔，我真是无法表达我的感激之情。你还给了我一个不一样的孩子。你还了一个年轻人给我。"

阿尔微笑了。

"显然你非常懂得怎么和人打交道——特别是和孩子。"

阿尔对此表示感谢。

"你有没有想过进神学院呢？"

阿尔吃惊到差点把嘴巴里的食物喷出来。

他回答：“我试过了，但没有成功。”

麦克斯想了一下。

“那再试一次吧。”他说。

有了卡杜升的帮助，阿尔伯特·刘易斯在神学院的第二次求学经历要顺当得多。他成绩出众。他顺利毕业。他当上了拉比。

此后不久，他搭乘公共汽车，来到了新泽西接受面试。那是他第一个，也是唯一的讲道坛。五十多年后的今天，他依旧在这个教会布道。

没有天使吗？我问。没有燃烧的荆棘吗？

“一辆公共汽车而已。”“大先生”回答，脸上浮现出一抹微笑。

我在笔记本上记下他的答案。我所知道的最善于引领人们信仰的牧师，竟然只不过是通过帮助一个问题少年而开启了自己的潜能。

******

我收好我的黄色采访本，准备离开他的办公室。从我们的两次会谈中，我获知的信息如下：他信仰上帝，对上帝说话，由于某种巧合而成为上帝的仆人，而且他善于和孩子打交道。总算是个开始。

我们走到大厅。我环顾了一下这幢我一年来一次的大楼。

“回家的感觉不错,对不对?”“大先生”说。

我不置可否地耸耸肩。这已经不是我的家了。

我问,你告诉我的这些事情,在……你知道……致悼词的时候用可以吗?

他摸了摸下巴。

“到了那个时候,我想你自然会知道该说些什么。”他回答。

亨利的故事

亨利十四岁的时候，长期患病的爸爸死了。去殡仪馆的时候，亨利穿上了正装，因为威利·科温顿生前关照说，就算没有钱，其他事可以不管，但他所有的儿子一定要在他的葬礼上穿上正装。

一家人走近打开的棺材。他们看到了他的遗体。威利的皮肤非常黑，但殡仪馆把他的肤色妆成了棕色。亨利的大姐嚎啕大哭。她扑上去，一边擦掉涂抹在她爸爸脸上的油膏，一边扯开嗓子哭嚷道："我老爸长得不是这样的！"边上，刚学会爬的小弟则想往棺材里爬。亨利的妈妈哭了。

亨利默默地看着这一幕。他只想要他的爸爸活过来。

在相信上帝、耶稣以及其他任何高高在上的神灵之前，亨利崇拜他的父亲。他爸爸出生在北卡罗来纳，曾做过床垫厂的工人。这个身高足有一米九二的汉子，胸膛上满是枪伤。但他从来不跟孩子提这些疤痕是怎么来的。他是个硬汉，烟不离口，又喜欢喝酒。但晚上喝得醉醺醺回到家以后，他常常变得温和了，会把亨利叫过来，问他："你爱爸爸吗？"

亨利总是回答："是的。"

"那给爸爸抱一抱。再给爸爸亲一亲。"

威利如同一个谜。他没有正经工作，但对孩子的教育非常重视。他靠着招摇撞骗和放高利贷过日子，但同时又绝对不允许偷盗的东西出现在自己家里。亨利在六年级染上抽烟的习惯以后，他父亲的唯一反应是："你可别想从我这里得到一根烟。"

但威利爱自己的孩子，他爱问他们问题，常常考他们学校里学的知识，容易的问题答对了奖赏一美元，数学问题答对了奖赏十美元。亨利特别爱听他唱歌——特别是那些古老的灵歌，比如说那首《凉爽的约旦河边》。

但很快他就唱不了歌了。威利的背驼了，一直咳嗽。他得了肺气肿和肺结核。在他生命的最后一年，他几乎卧床不起。亨利给他准备吃的，并端到床边，尽管他爸在咳血，几乎什么都吃不下。

一天晚上，亨利给爸爸端去晚饭，他爸爸悲伤地看着他，用沙哑的嗓子说："听着，儿子，要是你烟抽完了，可以拿我的。"

几个星期之后，他死了。

在葬礼上，亨利听到一个浸礼会的牧师说了些关于灵魂和耶稣的话，但没有怎么听明白。他无法接受爸爸死去的现实。他不断地想他爸爸会回来的，某天会突然出现在门口，唱着他喜爱的歌。

几个月过去了。什么都没有发生。

最后，失去了心目中唯一英雄的亨利，混混的儿子亨利，做了一个决定：从现在起，他可以做任何他想做的事情。

五月

仪式

春天快要结束，夏季已经不远。近午的阳光从厨房的窗子照进来。这是我的第三次拜访。在我们开始前，“大先生”给我倒了一杯水。

“加冰吗？”他问。

不必了，我说。

他唱了起来。“不必加冰……那也很灵……那就不冰……”

朝他的书房走去，我们经过了一幅大照片，照片上的他还是个年轻人，站在山头，身后阳光灿烂。他又高又壮，头发黑黑的，朝后梳着，正是我孩童记忆中的他的样子。

好照片，我说。

“那是个值得骄傲的时刻。”

是哪里拍的？

“西奈山。”

就是摩西接受上帝十诫的地方？

“正是。”

什么时候的事情？

“六十年代。我和一群学者一起旅行。一个基督徒和我爬到了山顶。他给我拍的照。”

得花多少时间才能爬上山顶?

“好几个小时吧。我们爬了一整个晚上,日出的时候才到山顶。”

我瞥了眼他衰老的身体。这样的旅行他现在肯定是不行了。他的背驼了,腕部的皮肤又皱又松了,耷拉着。

我们继续往前走,我的眼角又注意到了照片中的一个小细节。除了他的白衬衫和祈祷披巾,“大先生”身上还戴着传统的经文护符匣,那是一种小盒子,专门用来放赞美诗的,犹太教徒在做晨祷的时候会在头上或者手臂上绑上这种小盒子。

他说他一整晚都在爬山。

那就意味着他一直随身携带着这些小盒子。

******

像那样的仪式是“大先生”生活的重要组成部分。晨祷。晚祷。吃某些特定的东西。不吃某些特定的东西。在安息日,不管刮风下雨,他必须走路去教会,因为这是犹太教义的规定。在犹太节假日中,他更要参加各种传统活动,比如说准备逾越节的宴席[①],或者是在犹太新年把碎面包扔进小溪,象征抛弃罪恶。

---

① 逾越节的宴席:逾越节是犹太历正月十四日白昼及其前夜。按传统,逾越节那天,在黄昏的时候,要宰杀逾越节的羊羔,用火烤,与无酵饼和苦菜同吃。

天主教有晚祷、圣礼和圣餐；伊斯兰教有一天五次的礼拜，要穿干净的衣服，跪拜在祈祷垫上；就仪式而言，犹太教没有什么两样，那些仪式可以让你整天，整个星期，整年都很忙。

我记得还是孩子的时候，“大先生”就告诫教会里的人——有时候是循循善诱式的，有时候就不那么客气了——要恪守各种传统仪式，对待诸如点蜡烛，说祝福语，特别是亲朋故去之后的哀悼祈祷，都马虎不得。

但就算他不断恳请教会会众严守传统，但一年又一年，传统还是一点点溜走，如同握紧的拳头越来越松。今天忘了一个祈祷，明天忘了一个节日。与异族通婚的也越来越多——我就是其中之一。

我想到，现在他来日无多，这些仪式对他来说还有多重要呢？

“至关重要。”他回答。

但那是为什么呢？我们只要在内心深处，牢记信仰，不是吗？

“米奇，信仰就是行动，”他回答，“看你是什么样的人，关键在于你是怎么做的，而不仅仅是你信的是什么。”

******

现在，“大先生”不单执行这些仪式，他每天的生活就是围绕这些仪式而安排的。如果他不是在祈祷，那么他就是在学习经文——那是体现他信仰的主要行动——或是在做慈善，访问病人。他的生活因此而变得非常有规律，按照美国的标准而言，他的生活几乎可以称得上枯燥无味。我们总是习惯性地拒绝“陈规旧例”，拥抱新的生活方式。但“大先生”对新的生活方式没有什么兴趣。他从不跟着潮流走。他不做普拉提，也不打高尔夫（曾有人给了他一根高尔夫球杆，那根杆子在他的车库里闲置了多年。）

但他虔诚的生活里有一种让人平静下来的东西：从一种仪式到另一种仪式；到了某个时间就做某件事情；每年秋天都要建造苏克棚[①]，并通过敞开的棚屋眺望星星；每个星期他都谨遵安息日的规定，把一周分成六个工作日和一个休息日，六比一。

“我的祖父母是这样做的。我的父母亲也是这样做的。如果我接受了他们的信仰，但把这些传统给抛弃了，那对于他们所过的生活该如何解释呢？或者如何解释我的生活呢？代代相传，正是这些传统让我们……”

他搓着手，寻找着合适的字眼。

有了传承？我提醒他道。

他笑呵呵地看着我：“对了，传承。”

① 苏克棚：苏克棚是犹太人在庆祝住棚节期间所住的临时棚屋。

暮春

那天我们谈完一起朝门口走去的时候，我心头涌起了罪恶感。我曾经遵循过这些宗教仪式。但我已经把它们遗忘了有几十年了。现在，我生活中没有一件事情是和我的信仰有关的。哦，是的，我过着令人兴奋的生活。到处旅行。遇见各种有趣的人。但我日常生活的习惯——去健身房，浏览新闻，查收电子邮件——每一件都出于自身的考量，没一件和传统相关。那是什么让我传承了祖先们的生活呢？流行的电视连续剧？晨报？我的工作需要灵活性。遵循仪式就会破坏灵活性。

此外，在我的心目中，宗教仪式虽然不错，但太过老套了，就好比在复写纸上打字一样。老实说，我现在所做的事情中唯一一件接近于宗教仪式的事情就是拜访"大先生"。到目前为止，我已经去了他家，去了他办公室，我看到了欢笑的他，也看到了静默中的他。连他穿百慕大短裤的样子我也看到了。

这个春天我拜访他的次数，已经超过了我过去三年中见到他的次数的总和。我还是没有弄明白。我是那种令人失望的信徒。为什么他会选择我在他死后给他致悼词，我应该是那种在他生前让他失望的人。

我们走到了门口。

还有一个问题，我说。

他唱着回应我：“还有一个，在门口……”

你怎么能做到不愤世嫉俗的？

他停住脚步。

“做我们这样的工作是绝不能够愤世嫉俗的。”

但人类有那么多缺点。我们忽视仪式，忽视信仰——甚至忽视你。难道你没有感到厌烦的时候吗？

他满怀同情地窥探着我。又或许他意识到我真正的问题是：为什么是我？

他说：“让我用一个故事来回答你的问题吧。有一个推销员。他敲了一户人家的门。开门的人说：‘我今天不需要买任何东西。’

“第二天，推销员又来了。

“‘你别来了’，开门的人说。

“又隔了一天，推销员又出现了。

“开门的人冲他嚷道：‘怎么又是你！我警告你！’开门的人火气大极了，一口口水吐在了推销员的脸上。

“推销员露出笑容，用手帕将口水擦掉，然后抬头看看天空，说，‘肯定是下雨了。’

“米奇，那就是信仰。如果有人在你的脸上吐口水，你说那肯定是下雨了。然后你第二天再去。”

他再次微笑。

“所以，你也会再来的，对不对？就算不是明天……”

他张开手臂，好像是要接住一个包裹。我呢，有生以来第一次，做出了和逃跑相反的举动。

我给了他一个拥抱。

这是一个快速的拥抱。有点笨拙。但我还是感到了他的背上瘦削的骨头和他带胡须的脸庞贴在我脸上。在那个快速的拥抱中，一个犹如英雄般高不可及的为上帝工作的人，似乎缩小到了真人的尺寸。

现在回头想想，就是在那一刻，那个写悼词的请求变成了另外一些东西。

春 夏 秋 冬

那是一九七一年……

那年我十三岁。那是个大日子。我低头看着经卷，拿着一根银色的教棒。教棒的末端做成了一个手的样子。我诵读着那古拉的经卷，尚未变声的嗓子显得有点刺耳。

前排坐着我的父母，兄弟姐妹，还有祖父母。他们后面坐的是亲朋，好友，还有同学。

看着书，我默默告诫自己。不要搞砸了。

我又诵读了一会儿。我读得还不错。读完后，周围的一圈人过来和我握手，我的掌心湿漉漉的。他们小声用犹太语说着“祝贺你”——然后我转身，走过长长的讲坛，走到穿着长袍的“大先生”站着等我的地方。

他低下头，透过眼镜片看着我。他示意我坐下。那椅子看上去巨大无比。我看到了他的祈祷书。里面夹满了各种各样的剪报。我感觉自己好像掉进了他的私人洞穴里。他大声唱了起来，我紧跟着他也大声唱——非常大声，因为这样他就不会感觉我在偷懒了——但我的身体其实是在发抖。我已经完成了受诫礼仪式的规定部分，但接下来的才是真正让人不安的：和拉比的对话。这是没有办法事先准备的。需要随机应变。因为这是即兴发挥的。最糟糕的是，你必须站在他旁边。没有办法从上帝那里逃走。

祷告结束之后，我站起来。我的个子还没讲坛高，下面的一些观众侧着身子才能看到我。

“大先生”说：“好了，年轻人，告诉我们你感觉怎么样？放松了？”

嗯，我嘟囔着。

我听到观众席上人们的窃笑。

“几个星期前我们谈话的时候，我问过你觉得你的父母如何。你还记得吗？”

记得一点，我说。

更多的笑声。

“我问你你是不是觉得他们很完美，还是有需要改进的地方。你还记得你是怎么回答的吗？”

我僵住了，说不出话来。

“你说他们并不完美，但是……”

他朝我点点头。说吧，往下说。

但他们不需要改进？我试探道。

“但他们不需要改进，”他肯定我的回答，“这个回答非常有见地。你知道为什么吗？”

不知道，我说。

更多笑声传来。

“这说明你愿意接受人本来的面目。没有人是完美的。就算是老爸和老妈也不例外。那是可以接受的。”

他微笑着把双手放在我头上，并背诵起一段祝福的经文：“愿主的容颜照耀着你……”

就这样，我被祝福了，上帝照耀着我。

我心里却在疑惑着：这意味着我要做得更多，还是可以少一点呢？

亨利的故事

就宗教意义而言，我在那个时候“成人”了。差不多同时，亨利成了一个罪犯。

最初，他偷汽车。大哥撬锁，他帮着望风。接着，他开始偷钱夹，偷商店里的东西，地点以超市为主，他把偷来的猪排、香肠之类藏在肥大的裤子和衣服里。

上学对他而言没有什么意义。同龄的孩子们在打橄榄球或参加毕业舞会的时候，亨利在实施暴力抢劫。年轻的，年老的，白人，黑人，都无所谓。他挥舞着手枪，要他们把现金、皮夹和珠宝交出来。

一年年过去。亨利结下了不少仇人。一九七六年秋天，在同一个街区混的另一个家伙把他扯进了一宗谋杀案的调查中。那家伙跟警察说亨利是凶手。后来，他又改口说是其他人干的。

警察来询问亨利的时候，文化程度只有小学六年级、但时年已经十九岁的亨利自作聪明地以为可以借此报复对头，并从警察那里捞到一笔五千美金的奖赏。

所以，他没有实话实说，说自己“毫不知情”，或者是“我并没有在现场”，他开始胡吹，编造了有什么人在现场，做了什么事情。他撒了一个又一个谎。他说他自己也在现场，但不是个参与者。他觉得自己很聪明。

事实上，他再蠢不过了。他扯的谎最终把他自己送进了监狱——陪着那个家伙——罪名是过失杀人。那个家伙在法庭上被判有罪，要蹲二十五年监狱。亨利的律师马上建议他主动认罪，这样可以减刑。七年。认命吧。

亨利垮了。七年？为了他并没有犯下的罪行？

“我该怎么办呢？”他问他妈。

“七比二十五少。”她说。

他忍住眼泪，接受了法院的判决，被铐上手铐带走了。

在去监狱的车上，亨利诅咒着那不公的判决。但他没有计算如果他因为做过的那些坏事被抓，他会被判上几年。他满怀着怒气和不满，发誓等出了监狱，要把失去的给补回来。

我们失去的……

此刻是二〇〇三年夏天，我们在厨房里。他的妻子萨拉已经剥开了一个柚子。“大先生”穿着白色短袖衬衫，红色袜子和凉鞋——对他这样的穿着打扮，我已不再感到惊奇。他端过盘子。

他说：“来，吃一点。”

一点点就可以了。

“你不饿吗？”

一点点就够了。

“这对你身体有好处。”

我吃了一片。

“喜欢吗？”

我转了转眼睛。他学我的样子也转了转眼睛。我没有想到，我居然还在拜访他，因为三年已经过去了。如果有人提出要你帮忙写悼词，你一定以为所悼之人离死不远了。

但我发现“大先生”就像一棵饱经风霜的老树；暴风雨来了，树干弯曲了，但就是折不断。这些年来，他得过霍奇金氏症[①]，肺炎，心跳不规律，还经历了一次小中风，但他都扛过来了。

最近这些日子，为了让他八十五岁的老身子骨还能正常运作，他不得不吃很多药，包括治疗癫痫的狄兰汀（Dilantin），治疗心脏病和高血压的洛汀新（Vasotec）和倍他乐克（Toprol）。最近，他还发了一次带状疱疹。就在我的这次拜访前不久他还摔了一跤，导致肋骨骨折，住院治疗了几天，医生要求他随身携带并使用拐杖——"为你自己的安全着想，"医生是这么叮嘱他的。但他几乎不那么做，因为他觉得如果那样的话，教会上上下下会觉得他快要不行了。

每次去看他，他都等不及要见我，私底下，我也很高兴看到他和身体的衰老抗争。我不喜欢看到他日渐衰弱的模样。他一直有着伟岸高大的形象，是我心目中高大而正直的为上帝工作的人。

自私地讲，我希望他能够一直保持这样的形象。

其实，我经历过另一种情形。那是八年之前，我目睹了我所敬爱的老教授，莫里·施瓦茨，慢慢死于肌肉萎缩症。每周二我去波士顿郊外拜访他。尽管他精神熠熠，肉体却一点一点衰弱下去。

我每周二的拜访坚持了不到八个月，他就过世了。

阿尔伯特·刘易斯和莫里是同一年出生的，我希望他能够活得更长些。我有那么多问题还没有来得及问我的老教授。我一直在对自己说："如果再有那么几分钟时间能让我……"

我开始期盼和"大先生"的见面——我坐在绿色的大椅子

① 霍奇金氏症：一种淋巴癌，为淋巴腺恶性肿瘤。

上，他在桌上无望地寻找着某封来信。有时候，我会直接从底特律飞到费城。但更多时候，我会在星期天早晨，在纽约录制完一档电视节目后，从纽约乘火车赶往那里。我到的时候，通常是教会做礼拜的时候，我想我们两个人的会面也可以被称为小规模的礼拜，如果两个犹太人在一起谈论宗教问题可以被看作是一种礼拜的话。

我的朋友们对发生在我们俩之间的交往纷纷表示了好奇，或者是不相信。

"你去他家，就像去任何普通人家里一样吗？"

"你不害怕吗？"

"你在那里的时候，他有没有让你祈祷呢？"

"你真的和他讨论他的悼词吗？那不是很怪异吗？"

现在回过头来想想，这事还真的有些不同寻常。其实，在数次拜访之后，不去也可以了，因为我要为悼词而搜集到的信息已经足够用了。

但是我感到有必要再见他，了解他最新的情况，这样才能确保我的描述准确地反映他是怎样一个人。哦，好吧，还有其他原因。他在我心中激起了长久以来处于沉睡状态的某种东西。他一直在颂扬他称之为"美丽的信仰"的东西。如果其他人这么说，我肯定会觉得不舒服，最好能够躲得远远的。但看到他在这个年纪仍旧如此——该怎么说来着？——喜悦，让我觉得了解他是一件很有意思的事情。或许信仰对我来说并不意味着很多，但对他来说不一样。你可以看到信仰给了他一颗平和的心。我认识的人里没有几个能够达到这样的状态。

所以我就不停地去拜访他。我们交谈。我们欢笑。我们读了他过去的一些布道辞，讨论了它们放在当下是否还有意义。我发现我对"大先生"几乎可以无话不谈。他有那种本事，当他的眼睛看着你的眼睛的时候，你会觉得世界停止了，你就是世界的全部。

或许正是因为他有这样的才能，他才能做好他的工作。

也或许是这份工作赋予了他这样的才能。

不过现在，他更多的是听，而不是讲。他已经从"资深拉比"的位置上退休，会议和文件处理工作减少了很多。不像他刚刚到的时候，现在这个教会基本上可以很好地"自转"了。

现实的情况是，他完全可以搬到更暖和一点的地方去过晚年，比如说佛罗里达，亚利桑那。但他对此毫无兴趣。他曾去迈阿密参加过退休人士的会议，当他发现很多退了休的老同事移居到那里的时候，感觉非常困惑。

"你们怎么能够离开你们的教会呢？"他问。

他们回答说不能够站在讲坛上，或者是新来的拉比并不喜欢他们还常常出现在教堂里，那种感觉不好受。

“大先生”经常说作为一名神职人员，最大的威胁就是“自我”意识。他显然没有这种受伤的感觉。退休之后，他自觉地从大办公室搬到了小办公室。一个安息日的早晨，他离开了讲坛上他最喜欢的一个位子，悄悄坐到后排他夫人的边上。整个教会为之震惊。

像约翰·亚当斯[①]从美国总统的职位上退下来之后去农庄务农一样，“大先生”也隐退于人群之中。

① 约翰·亚当斯：美国《独立宣言》起草者之一，美国第二任总统。

“大先生”一九五八年的一份布道辞

一个小女孩带着她在学校里画的一幅画回到家。她蹦蹦跳跳走进厨房。厨房里她妈妈正在准备晚饭。

她一边挥舞着图画，一边叫嚷着：“妈妈，你猜猜？”

妈妈没有抬头。

她仍旧埋首于锅碗瓢盆之间，只是问：“怎么了？”

“猜猜么？”孩子重复道，依旧挥舞着图画。

“怎么啦？”母亲依旧在摆弄餐盘。

“妈妈，你没有听我说话。”

“宝贝，我听着呢。”

“可是妈妈，你没有用你的眼睛来听。”孩子回答。

亨利的故事

他先是被关在了东河中的里克斯岛上，靠近拉瓜迪亚机场跑道。监狱离家不远，只有几英里而已，这让亨利更加痛苦，因为这等于在提醒他，他的愚蠢让他有家回不得，只能在高墙之后度日。

在里克斯监狱服刑期间，他目睹了他这辈子都不愿再回想的情形。他看到了囚犯们是如何滥用暴力，互相殴打。攻击者会用毯子裹住挨打的人的头，这样被打的就看不到发起攻击的人的脸。有一次，有个家伙和亨利发生了争执，他走进亨利的房间，对着亨利的脸就是一拳。两周后，同样还是这个人，又试图用一把磨利的叉子扎亨利。

这个时期，亨利满脑子想的就是要证明他是无辜的，但那有什么用呢？监狱中的每个人都声称自己是无辜的。过了一个月左右，亨利被送进了纽约州北部，一级戒备的阿尔米拉劳教所。他几乎什么都吃不下，无法入睡，每天不停地抽烟。一个炎热的晚上，他满身大汗地醒来，爬起来给自己倒了杯凉水。睡意退去，他看到了牢房的铁门，想起了自己身在何处。他跌坐到自己的床上，哭了。

那个晚上，亨利问上帝为什么让他长大，为什么不在他还是个婴儿的时候就让他死去。朦胧中有一道光闪过，他的目光落在了一本《圣经》上。他打开《圣经》，翻到的是《约伯记》中约伯诅咒自己的诞生日。

那是第一次他感觉到上帝在和他对话。

但是他没有听。

六月
社区

吃完蜜柚，“大先生”和我转移到他的书房。书房里依旧非常杂乱，到处都是箱子、纸、信和文件。如果精神更好一点，他会提议我们去户外走走，因为他喜欢到小区里散散步，但他也承认，自己对邻居越来越不熟悉了。

“我在布朗克斯长大的时候，”“大先生”开始回忆，“大家都认识大家。一栋楼就像一个大家庭。大家彼此照顾。

“我记得有一次，我很饿。有一辆装着水果和蔬菜的大卡车停在我们楼前。我用身子去撞车子，希望能够掉个苹果下来，而且这样，我也不会觉得自己是在偷窃。

“突然，我听到有个声音从天上对我喊，而且说的是犹太语，那声音说：‘阿尔伯特，不可以。’我跳了起来。我以为是上帝在对我说话。”

那是谁呢？我问。

“是我们楼上的一个女邻居。”

我笑出声来。这和上帝也差得远了点。

“不，但是，米奇，我们就是这样互相活在对方的生活中。如果有人要跌倒了，边上会有人可以扶他一把。”

“这就是一个教会存在的核心意义。我们所谓的Kehillah

Kedosha —— 一个神圣的社区。我们正在失去它。大型郊外生活区的出现改变了大家的生活方式。每个人都有一辆车。每个人都有无数事情要做。你还怎么能够帮到你的邻居呢？一家人能够凑齐了坐下来吃顿饭就不错了。”

他边说边摇头。总体来说，“大先生”不是个落伍的人。但我明显看出他显然不喜欢这方面的变化。

******

不过，就算已经退休了，“大先生”还是有办法维护他神圣的社区。他常常会拿起那本写得有些凌乱的通讯录，戴上眼镜，按下一个个电话号码。他家里的那部电话是孙辈送他的礼物，有着巨大的黑白色数字键盘，这样他拨起号码来就比较容易。

“你……好，”他会说，“这是阿尔伯特·刘易斯，我找……”

他总是记得别人的大日子 —— 纪念日，退休日 —— 并在这些日子给别人电话。他还给那些生病的人打电话。他总是耐心地听别人讲述他们的喜乐哀怒。

他特别留意给教会里那些最年长的教友打电话，因为，“这会让他们有归属感。”他说。

我想，他说的“他们”是不是也包括了他自己呢。

******

和他形成鲜明对比的是我。我一周要和一百多个人交流，但这些交流不是通过邮件就是通过短消息。我总是随身带着我的黑莓手机。我和别人的对话都非常简短："明天再通电话"，或者是"到时候见"。我不喜欢把事情复杂化。

"大先生"不搞这种简单交流。他不使用电子邮件。他说："在电子邮件里，我怎么能够知道有没有出问题？他们可以写任何东西。我要看见他们。如果看不到，那我至少要听到他们的声音。如果我看不到他们，又听不到他们，我怎么能够帮助他们呢？"

他呼了口气。

"当然，想当初……"他说。

他突然唱了起来：

"想当初……我会挨家挨户去拜访……"

******

我记得我还是个孩子的时候，"大先生"到我们住的那条街来拜访的情形。我曾记得拉开窗帘看到"大先生"的车停在屋子前。当然，那个时候，医生上门看病，送牛奶的把牛奶送到家门口。没有人安装家庭报警系统。

当人们经历丧亲之痛，孩子出逃，有人失业，"大先生"都会登门造访。要是放在今天，如果有人丢了工作，为上帝工作的人能够坐到你家的餐桌旁鼓励你，那该有多好？

但是，这种想法就算没有侵犯隐私之疑，至少也显得非常陈旧。没有人愿意侵犯别人的私人“空间”。

你现在还家访吗？我问。

“只在有人提出要求的情况下。”他回答。

那有没有不是你教会里的成员给你打电话的？

“当然。实际上，就在两个星期前，我接到医院的一个电话。有人告诉我：‘有个女的，快要死了，她想要见拉比。’我就去了。

“到了那里，我看到了那位女士，她呼吸非常困难。她后面坐着一位男士。他问我：‘你是谁？你为什么会在这里？

“我告诉他：‘我接到一个电话。他们告诉我有人快要死了，想要找我说话。’

“他生气了。‘看看她，她能说话吗？我没有给你打过电话。谁给你打的电话？’

“我无法回答。所以我任由他咆哮。过了一会儿，等他平静下来，他问：‘你结婚了吗？’我说是的。他又问：‘你爱你的妻子吗？’我说是的。‘那你能活活看着她死去吗？’我回答：‘不，只要她还有一线活下去的希望我都会争取。’

“我们谈了大概有一个小时。最后我说，‘你能让我为你的妻子做个祷告吗？’他表示他对此非常感激。所以我就做了祈祷。”

然后呢？我问。

“然后我就离开了。”

******

我摇了摇头。他花了一个多小时和一个陌生人谈话？我努力回想我上一次和陌生人交谈是什么时候。还有就是我到底有没有干过这样的事情。

那你搞清楚到底是谁给你打的电话了吗？我问。

“嗯，不算很清楚。不过，我走出医院的时候，我看到了以前在这家医院里碰到过的一个护士。她是个虔诚的基督徒。我们双目相对的时候，虽然一句话也没有说，但我看得出是她给我打的电话。”

等等，一个基督徒给一个犹太拉比打电话？

“她看到有人在受苦。她想帮助他。”

她还真是够有胆量的。

“是的，”他回答，“还有很多很多爱。”

再讲一点历史

阿尔伯特·刘易斯居然能让一个基督徒女护士打电话向他求助，跨越不同宗教之间的界限并非易事。还记得《圣经》中摩西称自己是“异乡的异教徒”吗？这个说法同样可以用在一九四八年，刚到新泽西海顿高地的“大先生”身上。

那时，这个社区刚因铁路的开通而兴起。铁路向西通往费城，向东直达大西洋。区里有八个基督堂，但只有一个犹太教会——如果那称得上是教会的话。教会在一栋改建的二层楼维多利亚式民宅里，左边的街上有天主堂，右边的街上则有一个基督教圣公教会的教堂。其他的教堂都有钟塔和砖墙立面，而“大先生”的教会则包括了门廊和厨房，教室是卧室改的，从旧电影院里拆下的坐椅安装在大厅里做听众席。房子中间有居家式样的楼梯通往二楼。

最初参加“教会”的约有三十多户人家，其中一些人住在离教堂四十分钟车程远的地方。他们写了一封信给神学院，恳请神学院能派一名拉比来主持教会的工作；如果神学院派不出人来，他们只能把这个教会给关了，因为维持教会的运作并非易事。教会刚成立的时候，附近居民区内一些基督教徒还联名写信抵制。一个犹太人社群出现让他们感到了威胁。

阿尔接受了这个工作后，立即着手改变这一状况。他参加了当地的神职人员协会。他和其他宗教的神职人员交往。他拜访学校和教会，消除人们对犹太教的误解和偏见。

有一些误会的消除其实并不那么难。

一次，他坐在一间教堂的教室里向孩子们讲述什么是犹太教。一个小男孩举手提出了一个问题。

"你头上的角呢？"

"大先生"非常震惊。

"你头上的角呢？不是说所有的犹太人头上都长角吗？"

"大先生"叹了一口气，请男孩走到教室前。他摘下他戴着的小圆帽（又叫"哥巴"），邀请小男孩摸一摸。

"你觉得我头上有角吗？"

男孩在他的头顶揉搓着。

"再找找，有吗？"

男孩终于确信他的头上并没有角。

"没有。"他小声说。

"哦。"

男孩坐回自己的位置。

"刚才我说到哪儿了？""大先生"继续讲课。

******

还有一次，"大先生"邀请了一位圣公会教派的牧师来他的教会讲道。他和这位牧师关系不错，"大先生"觉得神职人员进行工作交流是个不错的主意。

那是一个周五的晚礼拜。祈祷歌唱完之后，“大先生”向会众介绍了这名牧师。他走到讲道台前。听众们安静下来。

“我很高兴能有机会站在这里，而且我非常感谢拉比给我这样一个机会……”他说。

突然间，泪水涌出了他的眼睛。他开始讲述阿尔伯特·刘易斯是个多么好的人。他激动地说道：“这就是为什么，我希望你们能够帮助我，帮助我让你们的拉比能够接受耶稣基督成为他的救主。”

死一般的沉寂。

牧师继续叹道：“他是个非常好的人。我不希望看着他落入地狱……”

还是死一般的沉寂。

“主啊，让他接受耶稣吧，主啊……”

这是一次让所有在场的人都永远难忘的礼拜。

******

但也不是没有棘手的情况。那时候“大先生”的教会里有一个叫根特·雷福斯的德国移民，有一年新年礼拜的时候，他冲进了教堂，把“大先生”拉到一边。

根特的脸惨白惨白的。他的声音在发抖。

“大先生”问：“怎么了？”

原来，几分钟前，根特在教会外的空地上维持停车的秩序。附近天主教会的一名神父气急败坏地冲过来，大声嚷嚷着犹太教会的人把他教堂外的停车场地都给占了。那是一个周日，他要把车位留给他们教会的人。

根特说这名神父咆哮道：“把他们都弄走。你们这些犹太人，现在就把车都给开走！”

“但今天是我们的新年。”根特回答说。

“你们为什么一定要在星期天过你们的新年呢？”神父继续吼道。

“这个日子可是三千年前就定下来的。”根特回答。他是个移民，所以说话的时候还带着一点德国口音。神父怒目相向，冒出了一句令人难以置信的话。

“大屠杀怎么没有把你们都给杀了呢。”

根特气坏了。他的妻子在纳粹集中营里待过三年半。他冲上去想揍那个神父。还好有人过来劝阻，根特就这样脸色惨白地回到了教会。

第二天，“大先生”给负责这一教区的天主教主教打了电话，向他叙述了事情的经过。又隔了一天，电话铃响了。打电话是那个神父，问是否可以过来拜访。

“大先生”在办公室门口等他。他们坐下来。

“我要道歉。”他说。

“好的。”“大先生”回答。

“我说了不应该说的话。”

“是的，你确实不应该那样说。”“大先生”回答。

“我们的主教有一个建议。”神父说。

“什么建议？”

“哦，你知道，我们的主日学校现在正在上课。他们马上就要下课了……”

“大先生”听着。

然后他点了点头站了起来。

课间休息的时间到了，主日学校的教室门打开，孩子们冲了出来，他们看到利马圣玫瑰堂的神父和和平之家犹太堂的拉比手拉着手在校园里散步。

有的孩子眨着眼睛。

有的孩子直愣愣瞪着他们。

但所有的孩子都注意到了这一幕。

你或许会觉得这不过是双方妥协的结果：两个人不得不在校园里走了一遭，手拉着手。你或许还觉得此事肯定给这两个人之间的关系留下了阴影。但不知道怎么搞的，这两个人后来真成了朋友。许多年后，“大先生”还踏进了那个天主教堂。

是为了神父的葬礼。

“大先生”回忆道：“我被邀请参加葬礼。我为他背诵了一段祈祷文。那个时候我想，他或许会觉得我们的这段经文也还挺不赖的。”

亨利的故事

亨利经常被告知“耶稣是爱你的”。这肯定是真的。因为他总是能够获得第二次机会。

在监狱里，亨利是个拳击好手，曾赢得过一个重量级比赛的胜利。他在狱中的学习成绩也不错，虽然连初中都没有上完，他还是拿到了一个大专文凭。

出狱之后，他找到了一份消毒灭虫的工作。他和交往了多年的女友阿妮塔结婚。有那么几年，他们循规蹈矩过着正常的生活。阿妮塔怀孕了。亨利希望生个儿子。

一天晚上回到家，他发现阿妮塔疼得直打滚。他们冲到医院。孩子早产了三个月。那是一个连一磅都不到的小婴儿。他们为他取名为杰雷。医生说他存活的机会很渺茫。亨利用他的大手掌捧着小婴儿，亲吻着他的小脚。

“儿子，”他低声呼唤道。然后他向上帝祈祷，“上帝啊，请让他活下来吧，求你了，让他活下来吧。”

五天之后，婴儿死了。

亨利和阿妮塔把他们的孩子葬在了长岛的一座公墓里。有那么一段时间，亨利觉得这有可能是上帝在惩罚他以前做过的事情。

很快，他的日子过得越来越不开心。生意越来越糟，他不得不把房子给抵押掉。当他看到从事贩毒生意的哥哥拿着大把大把钞票，而自己零钱都没有几个的时候，他背弃了上帝，背弃了重生的机会，重新走上了违法的道路。

一开始他贩一点点毒，后来越搞越大。钱来得很容易。没过多久，他混成了小头目，周围围着一帮人，能够发号施令。他出入名牌服装店，去美发沙龙。他甚至还让求他的人在他面前下跪。只有抱着孩子的母亲能够让他心软。为了拿到毒品，那些吸毒的人情愿用任何东西来交换：刚刚买来的食物和日用杂货，有一次有人拿来了一对给小女婴的小耳环。

他给了他们一小包毒品，然后说："耳环你们留着，但是从现在起那是属于我的了。每次你们到这儿来的时候，要给我看到这副耳环还戴在你们宝宝的耳朵上。"

有一度，大约是在八十年代中期的时候，亨利月入上万美元。他混入了上流社会的派对兜售毒品，他的买主包括那些"受人尊敬"的法官，律师，甚至包括一名退役的警官。这些人在毒品前所表现出的软弱和那种权倾一时的感觉让亨利颇为沾沾自喜。但是，某个夜晚，亨利犯下了一个常见的、但也是致命的错误：他决定自己尝试一下他所贩卖的东西。

那是个悬崖。他跌了下去。

******

亨利很快就对毒品上瘾了。他满脑子想要的就是要在可卡因的烟雾中欲仙欲死。常常，本该卖出去的产品被他自己给吸了。然后，他不得不扯出千奇百怪的理由来掩饰自己的行为。

比如说有一次他拿香烟在自己的胳膊上烫出一个洞来，这样他就可以告诉发货的人他被人打了，货被人偷了。

还有一次他让一个朋友用一把点二五口径的手枪对着他的腿开了一枪，这样他就可以对发货人说他被人抢劫了。发货的人还真冲到医院，要求查看他的枪伤。

还有一个糟糕的夜晚，他吸了毒，晕晕乎乎的，又需要更多的钱，他和其他几个人，包括他的侄子和妹夫，开着一辆敞篷车去布鲁克林的卡纳西。他们抢劫的手法是突然将车停到袭击目标的前面，从车里跳出来，抢到钱后立即逃走。

这一次，遭抢的是一对老年夫妇。亨利从车里跳下来，朝他们挥舞着手枪。

“你们知道这是什么吧！”他吼道。

老妇人吓得尖叫起来。

“要么闭嘴，要么我就把你的头给打掉。”他朝着老妇人叫道。

老夫妻两人摸出钱，珠宝和手表。那两张苍老的脸庞让亨利感到了一丝良心不安。他的良知一时涌起。但这并没有让他就此打住。很快，他们驾着车沿弗特兰大街扬长而去。

然后，警笛就响了起来，警灯呼呼地旋转着。亨利叫喊着侄子的名字，让他快开。他打开车窗，把抢来的东西都扔出去。珠宝啊。钱啊。甚至他们的手枪。

几分钟后，警察抓住了他们。

在警局，亨利和其他几个嫌疑犯排成了一队。他等着。一会儿，警察把那对老夫妇带了过来。

亨利知道这回他栽了。

一旦那位老先生指认了他，他会被起诉，判定有罪，然后等着他的又将是十五年的牢狱之灾。他的生活就完了。为什么他要冒这样的险呢？他真是把一切都扔到窗外去了。

警官问："是他吗？"

亨利咽了下口水。

老先生咕哝道："我不太确定。"

什么？

"再看一下。"警官说。

"我不确定。"老先生说。

亨利不敢相信自己的耳朵。这位老先生怎么可能不记得他的脸呢？他刚对着老先生的脸挥舞手枪来着。

因为身份无法确认，警察放走了亨利。他回到家。他躺下。他告诉自己是上帝在暗中帮他。上帝是仁慈的。上帝又给了他一次机会。而且上帝不希望他再偷盗，再吸毒，再恐吓别人。

或许那都是真的。

但是，他还是没有听。

那是一九七四年……

……我在我的教会高中上宗教课。主题是“红海分开”。我打了个哈欠。这还有什么好学的呢？这个故事我已经听过上百万次了。我看着教室另一端一个我喜欢的女孩，心里琢磨着我怎么才能够引起她的注意。

“这里有一篇《塔木德》①的注解。”老师说。

哦，老天，我心里感叹道。这就意味着要我们翻译，那可是个漫长而痛苦的过程。但随着故事情节的发展，我被吸引住了。

以色列人安全地跨过红海之后，追逐他们的埃及人很多被淹死了。上帝的天使想要庆祝敌人的灭亡。

那篇文章说，上帝看到这一幕，很生气。他说了大意如此的话：“别再庆祝了。他们也是我的孩子。”

他们也是我的孩子。

老师问我们：“你们觉得该如何理解这句话？”

有同学站起来回答。我心里有我自己的答案。我想这是我第一次听到上帝除了爱我们，也爱我们的“敌人”。

多年以后，我已经不记得那些课所教的内容，也不记得那个老师的名字，更不记得教室另一边那个女孩的模样。但这个故事我一直都记着。

---

① 《塔木德》(Talmud)：这是记载和解释犹太教律法、条例与传统的经典，经过历代扩充，如今已经超过250万字。

七月

最重要的问题

在任何对话中，至少有三名参与者：你，别人，还有上帝。我是这样被教导的。

这个教诲，在夏日的某一天又浮上我的心头。当时，我和“大先生”坐在他的小书房里，我们两个都穿着短裤。我的光腿靠着绿色的皮沙发椅直冒汗，黏嗒嗒的，每次挪动腿脚都会发出小小的声响。

“大先生”在找一封信。他拿起一个本子，然后是一个信封，再是一张报纸。我知道他永远也找不到他想找的东西。我觉得他凌乱的办公室几乎已经成了他的一种生活方式，似乎这样他的生活才能趣味盎然。我等着，我瞥了眼书架底层的搁板上放着那个名为“上帝”的文件夹。我们还没有打开过那个夹子。

“真糟糕。”他说，放弃了继续寻找。

我能提一个问题吗？

“问吧，问吧，年轻的学者。”他唱着说。

你怎么知道上帝是存在的呢？

他停下。脸上浮现出一抹笑容。

“非常好的一个问题。”

他用手指捏了捏下巴。

那答案是什么呢？我问。

“首先，请证明他是不存在的。”

好吧，我说我可以试试看。这么说好不好？我们生活在一个基因可以被图谱，细胞可以被复制，脸蛋可以被改变的时代。不是吗，只要动个手术，你都可以从一个男人变成一个女人。科学已经告诉了我们地球是如何产生的；火箭升空探索宇宙。太阳不再神秘。还有月亮——那个原来受人们膜拜的对象——我们不是已经把月亮上的东西装在袋子里带回地球了吗？

“大先生”鼓励道：“继续往下说。”

所以，在这样一个地方，那些巨大的谜团都已经被解开了，为什么人们还要相信上帝，或者耶稣，或者安拉，或者任何超人类的神灵存在呢？我们是不是已经过了这个阶段？像匹诺曹，那个木偶，如果他发现没有绳子拽着他，他也照样可以自己行动，那他还会那样看待他的老木匠爸爸吗？

“大先生”轻拍了几下手。

“你说得都够得上做个小小的演讲了。”

你不是让我反证么。

“嗯。”

他侧过身子靠近我。“好了，轮到我了。听着，如果你的意思是说科学终将证明上帝是不存在的，这一点我是不同意的。无论他们把人的起源追溯到哪里，蝌蚪大小的物体也罢，原子也罢，总归还有他们无法解释的地方，研究到最后还是有那个最终的起源的问题。

“而另一方面，无论他们如何延长生命，干涉基因，克隆这个，克隆那个，活到一百五十岁——到了某一点，生命终将结束。那然后呢？生命结束了之后呢？”

我耸耸肩。

“你明白了吗？”

他向后靠了靠，露出微笑。

“当生命终结的时候，上帝就来了。”

******

有许多伟人都试图证明上帝是不存在的。但往往他们得出的是相反的结论。曾就信仰写下了大量文章的C.S·路易斯[①]，起初在“上帝是否存在”这个问题上挣扎了很久，后来他声称自己是“全英国最沮丧的皈依者”。伟大的科学家路易斯·巴斯德[②]曾试图通过事实和研究来证明上帝是不存在的；但最终，人类的精妙结构让他推翻了先前的论点。

近年来出版了不少图书，宣称上帝是傻瓜的理论，是魔幻主义的东西，是软弱心灵的万灵药。我觉得“大先生”一定会讨厌那样的书，但是他没有。他觉得通往信仰的道路不是笔直的，容

---

① C.S·路易斯：英国著名学者，文学家。

② 巴斯德：法国微生物学家，化学家。

易的，甚至不是可以通过逻辑判断而达到的。对于任何经过思考的辩驳，他都是尊重的，尽管他未必同意。

从我的角度而言，我一直很好奇那些高调宣称不相信上帝的作者和名人。他们发出这样的论调，通常是自己身体健康、广受欢迎、拥有大批观众的时候。我想的是，在他们将要面临死亡，远离人世喧嚣的时候，他们会怎么想呢？到那个时候，他们已经没有了舞台，世界不再是他们的世界。如果突然之间，在他们弥留之际，在恐惧之中，或者在向前看的那一刻，他们憬然顿悟，会不会改变对上帝的看法。可惜这个问题的答案永远无从知道。

******

“大先生”从一开始就是个信仰上帝的人，这非常明显，但我也知道对于上帝允许在这个世界上发生的事情，“大先生”也不是样样称心、件件满意的。很多年前，他失去过一个女儿。他差不多因此而崩溃。他经常去医院拜访教友，看到那些曾经生龙活虎的人只能无助地躺在病床上常常让他涕泪横流。

他会看着天，这样问：“为什么有这么多痛苦？把他们带走吧？这样有什么意义吗？”

我曾问过“大先生”一个关于信仰最常见的问题：为什么坏事情会发生在好人身上？关于这个问题，通过无数方式，有无数种答案：在书本上，在传道的时候，在网站上，在含泪的拥抱中。

上帝想要他和她在一起……他献身于他热爱的事业……她是份礼物……这是一个考验……

我记得有位家族老友，他的儿子患上了一种非常痛苦的疾病。自此以后，只要有任何宗教仪式——哪怕是场婚礼——我都可以看到他逃离现场，躲到走廊里，拒绝听仪式中的宗教致辞。他是这样说的："我再也无法忍受那些说辞了。"他丢失了信仰。

我问"大先生"，为什么坏事情会发生在好人身上。他没有用任何一种前人说过的答案。他只是说："没有人知道。"他能这么说，让我很钦佩。但是当我问这会不会动摇他的信仰，他的答案很坚定。

"我不能动摇。"他说。

当然可以啊，你只要不相信有那么一个无所不能的上帝就好了。

"做一个无神论者？"他说。

是的。

"这样一来，我就可以解释为什么我的祈祷没有实现了？"

对。

他打量着我，叹了口气。

"我曾经有个医生，他是个无神论者。我有没有跟你讲过他的事情？"

没有。

"这个医生，他很喜欢向我提问，质疑我的信仰。他还曾经存心把我看病的时间预约在周六，这样我就不得不打电话给前台小姐，解释我因为信仰的原因，不能在周六看病。”

好家伙，我说。

“反正，有一天，我在报上读到他哥哥死了。我就打了个电话去表示慰问。”

他那样对你你还打电话给他？

“大先生”回答：“干我们这行的，可不兴打击报复。”

我笑了起来。

“就这样我去了他家，他接待了我。我看得出他很沮丧。我告诉他我为此而难过。他板着个脸，对我说：‘我妒忌你。’”

“你为什么要妒忌我？”我问。

“因为如果你失去了你爱的人，你可以诅咒上帝。你可以朝他嚷嚷。你可以责怪他。你可以问为什么。我不相信上帝。我是个医生！而且我帮不了我的哥哥！”

“他几乎要哭了出来。‘我能责怪谁呢？’他不停地问我。‘又没有上帝。我只能怪自己。’”

“大先生”的脸绷紧了，好像很痛苦。

他轻轻地说：“那是，那是非常痛苦的自我折磨。”

比没有应愿的祈祷还要糟糕？

“那当然。知道有一个上帝在听你的祈祷，就算他说不，也比没有任何人聆听要强得多。”

亨利的故事

他快要三十岁了，是个罪犯、瘾君子、向上帝撒谎的人。他有一个妻子，但这并不能让他改邪归正。他有一个女儿。这也不能让他改邪归正。他的钱都没了，体面衣服也都不见了，头发乱糟糟的。所有这些都没有让他回头。

一个周六的晚上，他的毒瘾又发作了，他和另外两个人开着车去皇后区一个地方找他唯一想得起的一个既有钱又有货的主——那是他以前为之工作过的一个毒贩。

他敲他们的门。有人来应答。

他拔出一把手枪。

“你想要干什么？”他们不相信他居然有这个胆量。

“难道你们不明白这是什么意思吗？”他回答。

其实那把枪连撞针都没有。但还好那些毒贩们没有看出来。亨利挥舞着枪嚷道：“拿来。”毒贩交出了钱、首饰和毒品。

他和他的那些朋友开车逃跑，他把值钱的东西都给了朋友，自己留下毒品。那是他身体需要的东西。那也是他唯一想要的东西。

那天深夜，他吸过毒，喝过酒，开始感到害怕。亨利意识到自己犯下了一个非常愚蠢的错误。被他抢的人知道他是谁，住在哪里。他们肯定会寻求报复。

这就是为什么他会抓起一把猎枪，走到屋子前，躲藏在一排垃圾桶之后。他的妻子又奇怪，又害怕。

她哭着喊道："发生什么事情了？"

"把灯给关掉。"他叫喊道。

他看到女儿站在门廊处探看究竟。

"回屋里去！"

他等待着。他在颤抖。冥冥之中，他觉得被他逃掉的那些麻烦，会在今天晚上把他抓住。会有一辆车开过来，他会死在枪林弹雨中。

所以，最后一次，他向上帝祈祷。

"你会拯救我吗，耶稣？"他低声呼唤道，"如果我发誓把自己都交给你，今天晚上你会救我吗？"他哭了。他的呼吸非常沉重。犯下了那么多罪行之后，如果他还被允许可以祈祷，那么这次祈祷也是他最真诚的祈祷了。"耶稣啊，请听我的祈祷，请你……"

他从小就不是个好孩子。

一个少年犯。

一个坏人。

这样的灵魂，还能得救吗？

这个世界上我唯一能够接受的暴君便是我内心寂静的声音。

莫罕达斯·甘地

八月

为何有战争?

夏天过得很快。伊拉克战争一直占据着报纸的头版，再有就是关于阿拉巴马州一个法庭要在门口竖一块十诫碑所引发的争议。除了拜访，我开始给“大先生”打电话。他的声音听起来总是那么乐观。

“是底特律在呼叫吗？”有时候他的开场白是这样的。

或者是“拉比热线，请问有什么可以帮你的？”

比起我自己接电话的方式，这让我挺羞愧的（敷衍了事的一声“你好？”，好像我并不乐意问这个问题一样）。在我的印象中，我从没听他说：“等会儿再讲，我会给你电话的。”这也让我很是感慨，为那么多人服务的拉比，当真能够为每一个人都留出时间。

八月末，我去拜访的时候，来开门并领我走进书房的是他的妻子萨拉。萨拉是个慈祥、健谈的老妇人。她和“大先生”一起生活已经有六十年了。我走进书房的时候，“大先生”已经坐在里面了。尽管天很热，他还穿着一件长袖衬衫。他细软的白发梳理得整整齐齐。我注意到他没有站起来迎接我，只是伸出手臂和我拥抱了一下。

你还好吗？我问。

他张开手臂。

“让我这么说吧。我没有昨天那么好，但……是……我会比明……天……好……”

哦，你和你的歌都会，我说。

“呵呵，我唱了一首歌，你跟着一起哼……”他笑了起来。

我坐下。

******

他的桌子上有一张摊开的报纸。“大先生”很关注时事。我问他，他认为伊拉克战争还会持续多久，他摇摇头。

你经历了许多战争吧，我说。

“是的。”

这些战争有意义吗？

“没有。”

我们一致认为目前的这场战争特别麻烦。自杀式袭击。暗藏的炸弹，我指出，这和过去的战争不同，过去是这边坦克开过去，那边坦克开过来。

“大先生”提醒我说：“但是，米奇，就算在这个新恐怖主义时代，你仍旧能够看到人性良善的一面。几年前我去以色列看望女儿时候发生的一件事情，到现在我都还记得。

“当时我坐在一个阳台上。我听到了爆炸声。转过身，我看到一个商业区的方向升起了烟雾。那是一次非常糟糕的，他们称之为什么来着……"

爆炸袭击？汽车爆炸袭击？

对了，就是这。我赶紧从公寓出来，赶到那里。我到的时候，有一辆车在我前面停下来。一个年轻的小伙跳下车。他穿着一件黄色的马甲，所以我就跟着他。

"到了爆炸现场，我看到了那辆被引爆的车。有个妇女显然是在去洗衣店送衣服的路上。她是遇难者之一。"

他哽咽了一下："就在那里，在那条街上，那条……街上……人们在捡她被炸开的身体。任何东西。一只手。一只手指。"

他垂下眼帘。

"他们都戴着手套，走动的时候都非常小心，这儿是一条腿，那里是一些皮肤，甚至是血，也被他们收集了起来。你知道为什么吗？他们是在遵循宗教法则，肉身应该被完整埋葬。他们是把生置于了死之上，尽管面对着这样的……暴行……因为生命是上帝给我们的，我们怎么能够把上帝所赐予我们的生命礼物就这样丢弃在街头呢？"

我听说过这个名为ZAKA的团体的故事。他们都是些穿着黄色马甲的志愿者，他们赋予自己的使命是确保死者也能获得应有的尊严。常常，他们比医护人员还要早赶到事故现场。

"看到这一幕，我哭了，""大先生"说，"我哭了。他们所拥有的仁慈。信仰。捡拾亡者的尸块。这就是我们人类。这就是美丽的信仰。”

我们静静地坐着，不再说话。

为什么人类要互相残杀呢？我终于打破沉默，开口问道。

他举起两手的食指，碰了碰嘴唇。然后他推动坐椅，慢慢把自己移到一堆书前面。

“等我找一样东西出来……”

******

阿尔伯特·刘易斯是在第一次世界大战期间出生的。二战时，他是个神学院的学生。他的教会里有很多退役士兵和犹太大屠杀的幸存者。有些人的手腕上至今还留着集中营刺青的编号。

过去那些年，他还目睹了年轻的教徒去参加朝鲜战争，越南战争。他的女婿和孙子孙女都在以色列军队服过役。所以他从来没有远离过战争。也没有能够远离战争所能带来的后果。

一九六七年，以阿战争结束后，他去过一次以色列。他和一群人一起去了北部边境，参观过一些被废弃的房子。在那些被毁的房子里，他在尘土中发现了一本阿拉伯语的教科书。书本面朝下掉在地上，封面已经不见了。

他把教科书带回了家。

现在，他拿出书放在膝头。这就是他刚才想找的东西。一本有近四十年历史的教科书。

他把书递给我，“看，你翻翻看。”

书的边都翻卷了起来，装订都要松掉了。破破烂烂的封底上，用彩色的蜡笔画着一个小女孩，一只猫和一只兔子。这本书显然是个小孩子用的，整本书都是用阿拉伯语写成的，我一个字都看不懂。

你为什么要保存这个呢？我问。

“因为我想提醒自己记住那里发生的事情。那些房子都空了。人都搬走了。

“我觉得自己一定得保存点什么东西。”

******

大多数宗教都反对战争，但因为宗教而引发的战争恐怕要比为了其他原因而发起的战争多得多。基督徒杀过犹太人，犹太人杀过伊斯兰教徒，伊斯兰教徒杀过印度教徒，印度教徒杀过佛教徒，天主教教徒杀过新教教徒，东正教教徒杀过所谓的异教徒。这个单子你也可以倒过来说，岔开去说，反正都是对的。战争从来没有结束，只是暂停。

我问拉比，经过了这么多年，他对战争和暴行的看法可有所改变。

“你还记得所多玛和娥摩拉[1]的故事吗？”他问。

是的，这个我还记得。

“那你记得亚伯拉罕是怎么做的吗？他觉到那都是些坏人。他知道他们满腹怨毒不满，心地险恶。但他怎么办呢？他跟上帝争辩，说不应该毁灭那些城池。他说，如果他们之中有五十个好人，你能放过他们吗？然后他又把数字改成四十，三十。他知道他们中间没有那么多好人。所以他一直和上帝讨价还价，直到把数字定成了十个，才算达成了协议。”

但人数还是不够，我说。

“是的，人数还是不够，”“大先生”接着说，“但你意识到吗？亚伯拉罕的潜意识是正确的。我们首先必须反对战争，反对暴力和毁坏，因为那不是生活的正常方式。”

但那么多人借上帝的名义发动了战争。

“米奇，”“大先生”说，“上帝并不希望这样的杀戮继续。”

那为什么战争还在继续呢？

他挑高了眉毛。

“因为那是人类的选择。”

******

① 所多玛和娥摩拉：根据《圣经·创世记》的记载，所多玛和娥摩拉是两座城市。所多玛和娥摩拉罪恶深重，声闻于耶和华。耶和华要派两位天使去毁灭这城。

当然，他是对的。你几乎可以感受到战争的号角是如何被吹响的。被鼓吹的是报复。被嘲笑的是宽容。多少年来，我总是听到人们说我们这边是对的。而在另一个国家，和我同龄的人则受到了相反的教育。

"大先生"说："我给你看这本书是有理由的。"

什么理由？

"打开书。"

我打开书。

"往下翻。"

我一页页往下翻，里面掉出三张小小的黑白照片来。照片的颜色泛黄，而且上面沾满了尘土。

一张照片上是一个黑头发的阿拉伯老年妇女，形象庄重。另一张照片上是一个比较年轻、穿着西装、打着领带、蓄着胡子的阿拉伯男子。最后一张照片上是并排的两个小孩子，看起来像是哥哥和妹妹。

他们是谁？我问。

"我不知道。""大先生"的声音变得很温和。

他伸出手，我把那张小孩的照片递给他。

"这么多年来，我一直看着这两个孩子，母亲，她的儿子。这就是为什么我没有把书扔掉的原因。我觉得我得以某种方式让他们活着。"

“我想或许某一天，有什么人看到了这几张照片说认得这家人，然后把照片送还给生还者。但我恐怕等不到这一天了。”

他把照片递还给我。

等等，我说。我不是太明白，从你的宗教立场而言，这些人都是敌人。

他的声音变得有些愤怒。

“敌人，屁个敌人，”他说，“我们都是一家人。”

“大先生”一九七五年的一篇布道辞

“有一个人到农场去找工作。他把一封推荐信递给新雇主。信很简单。信上只有一句话：‘他在暴风雨中睡觉。’

“农场主急需人手，所以没有多加询问就雇佣了这个人。

“几个星期过去了，有一天晚上，一场猛烈的暴风雨突然向这个山谷袭来。

“被暴雨和狂风吵醒的农场主急忙从床上跳下来。他去找新雇来的帮手，却发现他还在呼呼大睡。

“于是他独自一人冲到了牲口棚。他惊奇地发现，动物都关得好好的，并且还有很多饲料备着。

“他又冲到了田间。一堆堆麦子都用油毡布包裹得严严实实的，牢牢站立在风雨之中。

“他又冲到粮仓。门锁得牢牢的，谷子都是干的。

“这时候他才明白了那封信。(他在暴风雨中睡觉。)

“我的朋友们，如果对于生活中重要的事情我们都尽心照顾，如果我们善待我们爱的人，遵从我们的信仰行事，那么我们的生活就不会有诸多遗恨。我们的话语始终诚恳，我们的拥抱始终紧密。我们永远也不会沉浸在类似‘我本来可以，我应该可以’的恼怒之中。我们能够在暴风雨中睡觉。

“而且等时候到了，我们就能从容说再见。”

亨利的故事

亨利·科温顿一夜无眠。

他没有死。

不知道为什么，遭他抢劫的那些毒品贩子一直没有来找他；那些从他家门口开过的汽车里也没有人朝他开枪。他躲在垃圾桶后，抓着猎枪，一遍一遍地问：

“耶稣，你会救我吗？”

人类可悲的传统就在于当其他方法都不管用之后才转而向上帝求助。他不过是又一个例子罢了。他以前也这样祈祷过，只不过在对付完一场灾祸之后，旋即把上帝抛在脑后，转而迎来另一场灾祸。

但是这次，太阳升起的时候，亨利·科温顿把手枪藏到了床铺下，在妻子和孩子身边躺下。

这是一个复活节周日的早晨。

亨利回想着他的生活。他偷盗，撒谎，用枪指着别人的脸威胁别人。他把所有的钱都用在了毒品上，他曾经不堪到只剩下了一小撮白粉，却没有可以用来做引信的东西，于是他跑到大街上找，找到一个香烟屁股。那个香烟屁股可能被很多人踩过，也可能有狗在上面撒过尿。但他不管。他把烟屁股放进嘴里。毒瘾就是一切。

此刻，在这个复活节的早晨，他突然觉得他生活中需要其他一些东西。这很难解释。连他的妻子也不明白。那天早上有个熟人过来，还给他带来了一点海洛因。亨利的眼睛留恋地看着那些白粉。他的身体充满了渴望。但如果他拿下，这东西会要了他的命。他知道。他很肯定。他已经在黑暗中，在垃圾桶后，向上帝保证皈依。现在，几个小时之后，第一个考验就出现了。

他让那个人滚开。

然后亨利走进浴室，跪了下来，开始祈祷。祈祷完毕，他喝下了一罐奈奎尔。[①]

第二天，他又喝了一瓶。

然后又是新的一天，他再喝了一瓶 —— 那是为了麻痹自己，自我戒毒。三天里，他无法吞咽下任何食物，无法离开床半步。

三天。

三天后，他睁开眼睛。

---

① 奈奎尔(NyQuil)：一种感冒药。

九月
快乐

“大先生”睁开眼睛。

他在医院里。

这已经不是第一次了。尽管他通常不和我谈论自己的病情，我还是得知最近几个月以来，他无法站直。他在上街沿上滑倒过，跌破了额头。他还在屋子里滑了一跤，撞伤了脖子和脸颊。这次，他从椅子上站起来的时候跌倒了，肋骨撞在了桌子上。这可能是由于短暂的昏厥引起的，也可能是小中风的症状，头晕，没有方向感。

不管是什么原因，都不是好兆头。

我觉得情况可能会更糟。医院。通往死亡的大门。我打电话询问我是否可以探访。善解人意的萨拉答应了我的要求。

在医院门口我打起了精神。去医院探访病人所能看到的一贯景象让我心神不宁。消毒水的味道。电视机的嗡嗡声。低垂的帘子。其他病床间或传来的呻吟。我去过太多医院，拜访过太多病人。

我已经好久没有想起那件事情了。现在，它又冒了出来。

你会为我致悼词吗？

我走进“大先生”的房间。

"啊，一位远方的来客……"他从床上抬起头，面露微笑。

我不再去想悼词的事情。

******

我们拥抱了一下——准确地说，我拥抱了他的肩膀，他用额头碰了碰我的额头——我们一致认为这是我们的第一次医院访谈。他的病号服略微有些松开了，我瞥到他赤裸的胸膛，软而松弛，有些银色的毛发。我感到羞愧，赶紧把脸转向一旁。

一个护士轻快地走了进来。

她问："今天感觉如何？"

"大先生"唱道："我今天，我今天过得……"

她笑了。"他总是在唱歌。这个人啊。"

是啊，他就是这样的，我说。

"大先生"总是能够保持良好的心情，这让我很是佩服。对着护士唱歌。和医生们打趣逗笑。一天之前，在医院大堂里坐在轮椅上等候的时候，一个医院的工作人员希望能够得到他的祝福。他就把双手放在那个人的头上，为他祈福。

他拒绝自怨自艾。实际上，越糟糕的事情发生在他身上，他越是不想让他周围的人因此而心情沮丧。

我们坐在房间里的时候，电视上正好在播一种抗抑郁药物的广告。屏幕上出现了一些表情抑郁的人，或独自坐在长椅上，或看着窗外。

“我总觉得有什么糟糕的事情要发生了……”电视上的声音说。

然后，在出现过药片和一些数据统计的图像之后，那些人又出现了，不过这时候他们看上去很开心的样子。

“大先生”和我默默看着电视。广告结束之后，他问：“你觉得这些药片有作用吗？”

不像广告里播的那样，我回答。

他表示同意。“是的，不会像广告里播的那样。”

******

将快乐藏在一枚药片里。这就是我们的世界。百忧解，帕罗西汀，赞安诺，每年这些抗抑郁药品花在推广上的费用就高达上百万。更有上百万的钱花在购买这些药品上。你甚至不需要有什么特别明显的心灵创伤；只要“抑郁”了，“焦虑”了，你都可以使用这些药片，就好像悲伤是一种可以像感冒那样被治愈的疾病。

我知道抑郁症确实是一种疾病，在很多情况下需要药物治疗。我也知道抑郁这个词被滥用了。我们常常说的“抑郁”其实是不满足，是因为我们为自己设定了过高的目标，或是希望不劳而获，我知道很多人为了体重、秃顶、升职的事情而不开心，或者是因为无法找到完美的伴侣，尽管他们自己的行为并不表现得像一个完美的伴侣的样子。对这些人而言，不开心是一种状态，是一种无法忍受的事情。如果服药能够解决问题，那么就服药。

但是药片并不能改变问题的核心所在。想要得到你得不到的东西。在镜子里寻找自我价值。工作接着工作，在还没有搞清楚为什么仍旧没有满足之前，又开始新一轮的工作。

我了解这一切。因为我经历过这一切。曾经有一个阶段，除了必要的睡眠时间以外，我总是在工作。我获得了一个又一个成就，我赚了不少钱，我收获了很多荣誉。但是，越是如此，我越觉得空虚，就像往一只漏气的轮胎里打气。

我和老教授莫里谈话的那段时间，让我从疯狂的工作中停顿下来。看着他慢慢死去，见证了在他生命的尽头，对他而言什么是重要的事情之后，我减少了工作。我放慢了节奏。

但我仍旧用自己的双手来掌控生命的轮盘。我不相信命运，也没有投入信仰的怀抱。对于那些将自己的日常事务交给神，说"如果上帝希望它发生，它就会发生"的人，我避之不及。我觉得这样的投降很傻。我觉得我自己知道得更多。但私底下，我也不得不承认他们似乎要比我快乐。

所以我注意到，虽然"大先生"吞下了各种各样的药片，但是他从来没有为了获得心灵的平静而服药。他热爱微笑。他避免发怒。他从来没有被“为什么我在这里”这样的问题所困扰。他知道他为什么在这里。他说：是为了给予别人，为了弘扬上帝之道，为了享受和荣耀我们所生活的世界。他的晨祷是这样开始的：“谢谢你，主，感谢你将灵魂还给了我。”

如果你是以那样的方式开始新一天的生活的，那么每一天都是奖赏。

******

我能问你一件事吗？

他说：“好的。”

怎样才能使人快乐？

“这个……”他转动着眼睛，四下看看病房。“在这里回答这个问题似乎并不是很妥当。”

嗯，你说的没错。

“不过，从另一方来讲……”他深吸了一口气，“从另一方面来讲，在这栋楼里，我们都面临着同样的问题。有的人会好起来，有的人不能。所以这里可能是确定这个词真正含义的好地方。”

你是说“快乐”这个词的含义？

“没有错。社会惯例告诉我们，如果要快乐，我们必须要得到——新的这个，新的那个，更大的房子，更好的工作。这个概念是错的。我为很多这样的人提供过心理指导，他们拥有所有这些东西，但我可以明白告诉你，他们正是因为有了这些东西而不快乐。

“这些人拥有这一切，但他们的婚姻却一次次失败了。家无宁日，充满了争斗和吵闹。得到了更多，并不意味着你就不想要更多。如果你一直想要得到更多——更富有，更美丽，更出名——你会忽略更重要的事情。我可以以我的经验告诉你，在这样的情况下，你永远不会拥有快乐。”

那你的意思不会是让我停下前进的脚步，转而闻闻玫瑰的香味？

他呵呵笑了。“反正玫瑰的味道比这个地方的味道要好闻。”

我听到走廊里传来了婴儿的啼哭声，然后可能是母亲发出的哄孩子的声音。“大先生”显然也听到了。

“哦，这孩子让我想到了我们的先知说过的话。当孩子来到这个世界的时候，他们的手是紧握着的，对不对？就像这样？”

他握起了一个拳头。

“为什么？因为小孩子什么都不知道，想要抓住所有的东西，好像是要说，‘整个世界都是属于我的。’

“但是老年人死去的时候，他会怎么样呢？他的手是松开的。为什么？因为他已经学到了这一课。”

什么课？我问。

他放开拳头，伸直手指。

“我们什么也带不走。”

******

我们两个都看着他的手。手在微微颤抖。

“真糟,你看到了吗?”他说。

是的。

“我没法让它不动。”

他垂下手,放在胸口。我听到走廊上有一辆车被推过的声音。他的话是那么睿智,且充满了激情。有一个瞬间,我似乎忘记了自己身在何处。

“就这样吧。”他的声音轻了下去。

我真不愿意看到他躺在病床上。我希望他能够回家,在那个乱糟糟的书桌前,穿着上下不搭的衣服。我挤出一丝笑容。

那么,我们找到了快乐的秘诀了吗?

“我想是的。”他说。

那你准备告诉我吗?

“是的。准备好了吗?”

准备好了。

“知足。”

就这个?

“心怀感激。”

就这个?

“感激你所拥有的。感激你所得到的爱。感激上帝所赐予你的东西。”

就这个?

他看着我的眼睛。然后深深叹了口气。

“就这个。”

夏末

那天我离开医院的时候，我接到“大先生”的小女儿吉拉尔的电话。她和我差不多年龄。我上学的时候就认识她了。我们间或有些交往。她很风趣，为人热情，很有主意，而且深深爱着她的父亲。

“那么，他有没有跟你说？”她问我，语调颇为沉重。

什么？

“肿瘤？”

什么？

“在他的肺里。”

癌症？

“他什么也没有说？”

我瞪着电话。

他一个字也没有提。

春 夏 秋 冬

教堂

底特律市中心的特姆博大街上有一座教堂，教堂对面是一大片空地。教堂很大，是一幢由红砖和石灰岩建造而成的哥特式建筑。教堂像是被风从另一个世纪吹来的。尖顶。拱门。彩色玻璃窗。有一扇窗上描绘的画像是先知保罗在问："我当怎样行才能得拯救？"

这幢建筑的历史可以追溯到一八八一年，当时这一带聚集了很多独栋豪宅和富有的基督教长老会教徒。他们集资建造了这幢可以容纳一千二百个会众的教堂，这里曾是美国中西部最大的教会。现在，那些大房子和长老会教徒都已经不见了，这里成了一个贫穷、荒凉的街区，教堂像已经被人们遗忘。墙皮在脱落，屋顶在摇晃。一年又一年，一些彩色玻璃被盗走了，有些窗户被封了起来。

这个教堂在我开车去"老虎体育场"的必经之路上。"老虎体育场"是芝加哥著名的棒球场，离教堂约有半英里的样子。但我从没有涉足这个教堂。我也从没看到有人走进去过。

就我所知，这个地方已经被人遗弃。

我准备要看一看里面到底发生了什么。

* * * * * *

“大先生”所讲的“敌人，屁个敌人”的论点，让我受到了震动。此后的几个月里，我开始反省自己的一些偏见。实际的情况是，虽然我致力于慈善公益事业，但是我仍会在脑子里划一条线，“我”这边，“别人”那边——无论是在文化上、种族上，还是宗教上。我们从小都听过这样的道理，行善要从身边开始做起，帮助自己人是第一位的。

但是，谁是我“自己的人”呢？我现在居住的地方离我的家乡很远。我娶了一个有着不同信仰的女人为妻。我是个白人，生活在一个非洲裔美国人占据了人口大半的城市。尽管我个人的财政情况还比较幸运，但是底特律这个城市却在我眼前一步步走向破产。这个国家很快就要面临的近乎大萧条的状况已经在我们的大街上看得到了。工作机会正以惊人的速度消失。很多住宅资不抵债被银行收回。大楼被遗弃。我们赖以生存的汽车产业正在分崩瓦解。失业和无家可归者的人数已经到了惊人的地步。

一天晚上，我去市中心一个基督教会办的救济所体验生活，准备在那里过夜，然后根据自己的经历写一篇文章。我排队领了毯子和肥皂。我得到了一张床。我听了一个牧师关于耶稣的布道，我吃惊地看到那些神态疲惫的人用手托着头，依旧在聆听他们如何才能够获得拯救。

在排队领食品的时候，一个人转过头来，问我是不是他猜想中的那个人。

是的，我回答。

他慢慢点点头。

“那……你怎么了？”

******

那一晚的经历促使我创建了一个为无家可归者而设的慈善组织。我们筹钱，分派给不同区域的收容站。我们这个组织没有任何管理上的费用，没有杂费支出，我们对此很自豪。所有筹得的善款一分一厘是如何花出去的，我们都要亲自看到，摸到，这就意味着一次一次的亲临现场拜访。

就这样，九月一个闷热的下午，我在特姆博大街那座古老、破败的教堂门口停下。我只知道这个教堂的牧师开设了一个小小的收容所。我来这里看看他们是否需要帮助。

路口的一盏交通信号灯在风中摇晃。我从车里走出来，摁了摁车钥匙上的锁车键。两个黑人，一男一女，靠着教堂的墙坐在铝合金的折叠椅上。就是便宜的、人们带到海滩上去的那种。他们看着我。那个男人没有左腿。

我找这里的牧师，我说。

女人站起来，推开一扇铰链有些松脱的小红门。我站在门口等着。那个只有一条腿的男人冲着我笑。他的拐杖靠椅子放着。他戴着眼镜，前排的牙齿几乎都掉光了。

他说："今天挺暖和的。"

是啊，我说。

我瞥了一眼手表。我换了一下站立的脚。终于，阴影里有了动静。

然后。

然后出来了一个大块头男人。

一个块头特别大的男人。

后来，我才得知，他五十岁了——尽管脸看上去还很孩子气。他留着短短的、修剪得很齐整的胡子——有篮球运动员般的身高，体重肯定超过四百磅。他的身体似乎是一层层的，厚实的胸膛下面接着一大片肚皮，垂在腰带上，好像一个枕头。他的胳膊从特大号白色T恤的袖子里撑出来。他的额头在冒汗，呼吸很沉重，好像刚刚爬完楼梯。

如果这是上帝的使者，那么我肯定只能做月亮的使者了，我想。

他伸出手，粗哑的嗓音朗声说道："你好，我是亨利。"

“大先生”一九八一年的一篇布道辞

“一个军中牧师曾告诉我这样一个故事：

“有一个军人被派到一个边远的地方去驻扎。他的小女儿和家人在机场等待飞机,随身带着他们寒酸的家产。

“女孩很困,靠着包裹打起了盹。

“一个妇人走过,停下,在她的头上拍了拍。

“‘可怜的孩子,连个家都没有。’她说。

“那个孩子吃惊地抬起头。

“‘我们当然有家,我们只是还没有房子把家放进去。’她说。”

九月

什么是富有?

“大先生”开始用助步器。我站在大门口,听见门里助步器“笃,笃,笃”敲打地板的声音向我走来。已经是九月了,离我去医院探望他,又过去了三年。秋天来了,树上的叶子开始变色,我注意到屋门前的车道上停着一辆我不认识的车。他唱歌的声音从门后隐隐传来 :“我来啦……等着……我来啦……”

门开了。他微笑着。比起我刚开始拜访他的时候,他更瘦了,胳膊更加嶙峋,皮肤更加松弛,头发全白了,高大的身躯佝偻下来。他的手紧紧抓着助步器。

“和我的新伙伴打个招呼吧,”他敲了敲助步器的把手,对我说,“现在我们形影不离。”

他放低了声音。

“我可拗不过他!”

我哈哈大笑。

“那么,进来吧。”

一如以往,我跟在他后面。他推着,挪着,蹒跚着走进了那间堆满了书和关于上帝的资料的书房。

******

门口那辆车是一个居家看护工作人员的。那意味着他的身体可能在没有任何警告的情况下出现意外，也意味着随时可能有状况发生。他肺部的癌依旧在那里。但以"大先生"的年岁——现在是八十九——医生觉得没有必要开刀摘除。具有讽刺意味的是，随着"大先生"的生理节奏慢下来，癌的发展速度也慢了下来，就像两个疲惫的竞争者，一起迈着沉重的步子，向终点走去。

医生委婉地说，把"大先生"带走的，很有可能是年龄，而不是癌症。

我们慢吞吞穿过客厅，我意识到另一个使我注意到那辆车子的原因：从我六年前拜访这个家开始，这里几乎没有什么变化。家具没有变过，地毯没有换过。电视机的尺寸也没有变大过。

"大先生"对物质从来不是很在意。

不过话说回来，"大先生"本来也就没有多少家产。

******

他生于一九一七年。他的双亲，就算用那个时候可怜的标准来看，也相当贫穷。阿尔伯特的母亲是立陶宛移民，父亲是纺织品销售员，常常失业在家。他们生活在布朗克斯区陶品大街一幢破败的公寓楼里。常常没有什么吃的。小阿尔伯特每天放学回家，走在路上最担忧的就是看到自家的家具被人搬到了大街上。

他是家中三个孩子中的老大——他下面还有一个妹妹和一个弟弟——他在一个犹太小学上学，从日出到日落。他没有自行车，也没有玩具。有时候妈妈会买一些过了保质期的面包回来，涂上果酱，让他就着热茶吃。那是他回忆中“童年最美妙的食物”。

生活在大萧条的阴影之下，阿尔伯特只有两套替换的衣服，一套是平日里穿的，一套是安息日穿的。他的皮鞋是补过的，他的袜子要天天洗，否则就没有更换的了。在他的成年礼上——也就是从宗教意义上说他成为一个真正的男人的那天——他的父亲给他准备了一套新正装。他穿上新正装，无比自豪。

几个星期后，他穿着这套新正装，和爸爸搭乘电车去一个亲戚家。那个亲戚很富有，是当律师的。他爸爸带上了妈妈烤的蛋糕。

在亲戚家，一个和他差不多岁数的表哥跑过来，上下打量过他之后，哈哈大笑：“阿尔，你穿的是我的旧正装！”他高声嚷嚷着，“你们快来看啊，阿尔穿着我的旧正装！”

阿尔伯特觉得受到了莫大的羞辱。接下来的时间里，他涨红了脸坐着，满心羞愧。在回家的电车上，他愤恨地看着父亲，强忍着不让自己的眼泪流下来。做儿子的明白过来了，父亲是用蛋糕换了一箱子旧衣服回来，那是富亲戚给穷亲戚的施舍。

回到家，他再也忍不住，爆发了。“我搞不懂，”阿尔伯特冲父亲嚷道：“你是个虔诚的人。你的表哥不是。你每天祈祷，他不。但是，他们要什么有什么。我们什么都没有！”

他的父亲点点头，然后用意第绪语，如唱歌般吟诵起来：

上帝和他的决定是正确的

上帝的惩罚不是无缘无故的

上帝知道他在做什么

这是他们关于这个问题的最后一次讨论。

这也是阿尔伯特·刘易斯最后一次用他所拥有的物质来衡量生活。

******

现在，也就是七十六年之后，物质对他来说几乎已经没有什么意义，而且这些东西几乎成了开玩笑的素材。从上到下，他穿的都像是从清仓拍卖会里淘来的。他的格子衬衫、花袜子和裤子，都出自一个廉价品牌，那个牌子的主产品包括化纤面料的裤子和带十一个口袋的背心。“大先生”很喜欢那样的款式，口袋越多越好。他会在口袋里揣上便签，钢笔，小手电筒，五元的钞票，回形针，铅笔。

说起私人物品，他的态度就像个小孩子。价格没有任何意义，好玩才是最重要的。高科技？他最喜欢的东西是一个能够为他播放古典音乐的带时钟的无线电。高级餐厅？他最喜欢的食品是全麦饼干和花生酱小圆饼。将谷物倒进燕麦粥，再加一点葡萄干，然后搅拌一下，那就是他的大餐了。他最喜欢采购食品，但只爱买打折的东西——这是大萧条时期的生活给他留下的习惯——他的超市购物之旅几乎称得上是一种传奇。他可以推着购物车在超市里逛上几个小时，寻找最合适的商品。然后，在收银台处，他会掏出一张又一张打折券，一边和收银员开玩笑，一边骄傲地计算着他省下了多少钱。

那么多年来，他的工资一直是他妻子代领的，否则的话他根本不会在意此事。他刚开始做拉比的时候，每年的收入不过几千美元。在为教会服务了五十年之后，他的退休工资和其他现任神职人员相比，依旧少得可怜。但是他从来没有提出过加薪的要求。他觉得那样做是不合适的。他在最初上班的那几年，车都没有。一个名叫爱德·爱德曼的邻居会开车带他到费城，把他在一个地铁站附近放下，然后他再搭乘地铁去迪普西大学听课。

“大先生”似乎用自己的生活验证了信仰和财富之间的互相排斥作用。如果有教会的教友给他财物，他会建议他们把东西捐给慈善组织。他讨厌筹款，因为他觉得神职人员不应该向人要钱。在一次布道时，他曾说过他唯一想当百万富翁的时候，是他想到如果他有了这些钱，可以解决许多家庭的财政问题。

他喜欢的是老东西。老铅笔。老油画。他自己的祈祷书也是又旧又破，里面塞满了用橡皮筋捆绑起来的剪报。

“我想要的东西我都已经有了。为什么还要追逐更多呢？”

他看着乱糟糟的书架说。

你就像《圣经》里的一句话，我说。一个人如果拥有了整个世界，但失去了自己的心灵，那又有什么益处呢？

“那是耶稣的话。”

啊呀，对不起，我说。

“不用道歉，”他笑了，“这个倒说得还蛮贴切的……”

教堂

外面，芝加哥之城车流滚滚，我跟着“兄弟守护会”的亨利·科温顿牧师走进教堂内的大礼拜堂。礼拜堂大而壮观：高高的屋顶，桃花芯木的大讲坛，几层楼高的大风琴，二楼包厢式座位。

但所有的东西都已经破败不堪。

到处都是脱落的油漆。墙上满是裂缝。地板的木条都松动了，踩在地毯上，脚随时可能陷下去把脚给崴了。我抬起头，看到屋顶上有个洞。

一个巨大的洞。

可能有十英尺长。

“那是个大问题，”亨利承认道，“特别是下雨的时候。”

我注意到在大厅一些关键的地方，放着为接屋顶漏水用的红色的桶。白色的墙壁因渗水而变成了棕色。我还从没有见过有这么大破洞的宗教场所。看起来就像一艘船，被加农炮给打了个正着。

我们坐下。亨利的肚皮横亘在我们中间。他的手臂枕在坐椅两侧的扶手上，好像是为了保持住平衡。

“请问有何贵干？”他礼貌地问。

你收容流浪汉，对不对？

“是的，一星期有那么几个晚上。”亨利说。

你提供他们吃饭？

“是的，在我们的体育房里。”

他们睡在这里？

“是的。”

他们是否必须是基督徒？

“不一定。”

你是不是试图感化他们？

“不。我们为他们祈祷。我们只是问他们愿不愿意把自己交给耶稣，但不会强迫人做任何事情。任何人都可以来。”

我点点头。我告诉他我们的慈善组织。我们可以提供什么样的帮助。

“哦。不错，那可太好了。”他扬起了眉毛说。

我四处看了看。

这真是个大教堂，我说。

他呵呵笑了：“我知道。”

你说话有纽约口音。

“嗯……布鲁克林。”

这是你负责的第一个教区？

“是的。刚来的时候，我是个执事和看守。擦灰，扫地，吸尘，打扫卫生……什么都干。”

我想起了“大先生”，他刚到我们教会的时候，也要帮助搞卫生，锁门。或许神职人员的谦逊精神就是这样被培养出来的。

“很久以前，这是个非常著名的教堂。但几年前，他们把这座教堂卖给了我们教会。其实，他们说要是你们能够支付维护费用，你们就把它拿去吧。”

我又环顾了下四周。

那你是不是从小就想成为一名牧师？

他放声大笑。

“没有没有……”

那你从学校毕业之后本来打算要做什么？

“其实，我是从监狱里出来的。”

真的？为了什么？我尽量让自己听起来不那么吃惊。

“噢……我做了很多坏事。贩毒，偷车。我被关进监狱是因为过失杀人。但其实那个案子倒真和我没有什么关系。”

那你是怎么从那里走到了现在这里？

“嗯……有一个晚上，我觉得那些被我打劫的人要杀了我。我就向上帝保证。如果我能够活到早上，我就把自己交给他。”

他停顿了一下，好像有些过往的痛苦又在内心泛起。“那是二十年前的事情了。”他说。

他用手帕擦了擦前额。“我这辈子经历了很多。我知道歌词里唱的：‘荣耀，荣耀，哈利路亚，自从我卸下我的重担’意味着什么。”

哦，我应道，不知道该如何接他的话。

******

几分钟后，我们一起走到一扇边门旁。地板上蒙着一层厚厚的灰。沿着一道楼梯往下走，我们来到一个灯光昏暗的小体育馆。他告诉我这就是给无家可归者们睡觉的地方。

那天，我对于提供帮助没有做出任何承诺，只是说我会再来，需要再多谈谈。说实话，监狱的事情好像竖起了一面警戒的红旗。我知道人会变。但我也知道一些人只不过是换了个环境而已。

我是一名体育记者——而且住在底特律——所以我见识过各种各样的恶行：毒品，抢劫，滥用枪支。我还目睹过挤满了记者的“公开道歉”新闻发布会。我采访过的人能够非常熟练地让人相信，做坏事的那个他已经成为历史，记者们可以放心地为他唱赞歌了——但几个月后，一切又被打回原形。

在体育界，这种现象已经够糟糕的了。但我对于宗教界这样的状况更加深恶痛绝。通过电视传福音、募善款的人，因出格的性行为而被捕，但没过多久，便宣称已经悔罪，且重回讲坛——这些行径让我反胃。我希望自己能够信任亨利·科温顿。但我不想抱有任何天真的想法。

而且，老实说，他的宗教世界和我所熟悉的宗教世界相差太远。这个教堂，如此破败，如此将就，似乎从外到里，都在沦陷。亨利指着楼梯说，那上面住着五户人家。就像宿舍一样。

等等，你的意思是有人住在你的教堂里？

“是的。就几个。他们付一点点房租的。”

那维持教堂运作的基本费用哪里来？

“主要靠这些房租。”

那会众交纳的会员费呢？

“我们没有会员费。”

那你的工资哪里来？

他大笑。

“我没有工资。”

我们走出教堂，站在阳光里。那个独腿的男人还在那里。他依旧冲着我微笑。我也挤出了一个笑容。

好的，牧师，我会再联系你的。

我知道自己有点言不由衷。

“很欢迎你星期天来参加我们的礼拜。”他说。

我不是个基督徒。

他耸耸肩。我不太清楚那是不是意味着：好吧，我们不欢迎你来，还是：没有关系，我们还是欢迎你来。

你有没有去过犹太教堂？我问。

“有啊，十来岁的时候我去过。”他回答。

什么样的场合？

他低下头，有些不好意思。

“我们去偷东西。”

十月

老年

犹太会堂的停车场上停满了汽车。那些在停车场找不到位置的车沿街一直停到了半英里以外。这天是赎罪日，是信众祈祷上帝赦免他们在过去一年中的罪恶的日子，是犹太教中最神圣的一天。据说在这一天，上帝决定谁能继续活下去。

这是非常严肃的一天，也是“大先生”大显身手的一天，因为他总是把一年中最精彩的布道留到这一天。几乎每年这一天，人们离开的时候，无不热烈地谈论着“大先生”关于生命、死亡、爱和宽容的阐述。

但不是今天。今天他已经八十九岁了，他不再讲道。他不再出现在讲坛上。他安静地坐在听众席中，我则坐在大厅另外一个区域，我爸爸妈妈身边。这辈子，这个场合，我都是这么坐的。

这一天，我看起来像是个有归属的人。

******

那天下午，我穿过教堂去找“大先生”。我看到了一些以前的同学，脸有些熟悉，但或是头发稀疏了，或是戴上了眼镜，或是出现了双下巴……他们朝我微笑，小声打招呼，我还没有认出他们，他们已经认出了我。我不知道他们内心深处是不是觉得我自视高人一等，因为我已经离开了这里在别处发展。他们这样想也情有可原。我想我的行为确实会让人这样以为。

“大先生”的座位离走道还隔了几个位置，他正在随着一段欢快的祈祷词的节奏而鼓掌。他像以往一样穿着乳白色的袍子，他讨厌被人在公众场合看到的那副助步器，被倚在附近的墙角。萨拉坐在他边上，她看到我，便拍了拍她丈夫。“大先生”一边鼓掌，一边转过头。

“呵，从底特律大老远赶来了啊。”他说。

他的亲人们帮他站了起来。

“来，让我们说说话。”

他慢慢移出来，扶好助步器。坐在靠走道位置的人都往里缩了缩，但好像又都准备好了随时伸出手来帮他一把。你可以从他们的脸上看到他们对“大先生”的敬畏和关心。

他抓住把手，往外走。

******

每走几步，他都要停下来和人打招呼。二十分钟之后，我们终于在他的小办公室坐了下来。小办公室就在他以前的大办公室对面。我还从来没有机会在这一年中最神圣的一天里和“大先生”单独面对面。和他待在办公室里，其他人都在外面，感觉很特别。

“你妻子也来了吗？”他问。

和我家人在一起。

“很好。”

他对我妻子一直很和善。而且也从没有就她的信仰问题对我有意见。在这一点上，他很照顾人。

你感觉怎么样？我问。

“很糟糕，他们逼我吃东西。”

谁啊？

“那些医生。”

那就吃一点嘛。

“不，不行，”他握紧了一个拳头。“今天我们禁食。这是我一贯的传统。我希望能够坚持我的传统。”

他放低了拳头，手不自主地抖个不停。

“你看到了吗？这就是人类的困境。我们都想逃离它。”他似乎在喃喃自语。

变老？

“变老，我们可以接受。但真的老了，这就成了一个问题。”

******

“大先生”的布道中，给我留下最深刻印象的，是一次他的亲戚中最年长的一个阿姨过世后，他是怎么做的。他的双亲早已过世，他的祖父母更是早就落土为安了。站在阿姨的墓碑前，他意识到了一个简单，但又非常令人害怕的事实：

下一个就轮到我了。

在生老病死的自然规律之下，当你被排到了最前面，当你再也不能够躲到后面想“还没有轮到我”时，该怎么办呢？

现在看到“大先生”坐在书桌后，我悲哀地想到，他在他们家族的这个名单上占据头号的位置已经有很多年了。

你为什么不上台讲道了？我问。

“我不敢想象，万一我讲错了一个字，万一我在关键的时刻忘了词，我会失去……”

你不需要为此感到尴尬的。

“不是我，”他纠正我说，“是听众们。如果他们看到我头脑混乱……他们会想到我快要死了。我不想吓着他们。”

我应该知道，他首先想到的，总是我们的感受。

******

小孩子的时候，我真的相信在天堂里，有一本巨大的，沾满了灰尘的生死簿。每年的赎罪日，上帝都会翻出这本书，用一支鹅毛大笔在里面圈圈点点——打钩，打叉，打钩，打叉——要么生，要么死。我总是担心我祈祷得还不够虔诚，我需要把眼睛闭得更紧一点，祈祷上帝的笔不要划过我的名字。

一般人面对死亡，最害怕的是什么？我问“大先生”。

“害怕？”他想了一会儿。“一方面是不知道接下来会发生什么？我们会去向哪里？是不是我们想象的那样？”

这是个大问题。

“是的，但还有其他的问题。”

还有什么？

他向我靠了靠。

“被人遗忘。”他低语道。

******

离我住处不远有座公墓，墓地里最早的墓是十九世纪留下的。我从没有看到过有人来给这些墓碑献花。大多数人路过这里，读了读墓碑上的字，然后说：“哇，看看这有多古老。”

我想起了这些墓碑，是因为在“大先生”的办公室里，他诵读了一首美丽而哀伤的诗。那是托马斯·哈代写的，描述一个人在墓碑间穿梭，和亡者对话。那些新近被埋葬的为那些很久之前被埋葬、已经不为人所记得的灵魂而感叹。

他们早被世人遗忘，

如同没有存在过，

那是失去生的气息之后的再次失去，

是第二次的死亡。

第二次死亡。那些养老院中无人探望的老人。那些冻死在街头的流浪汉。有谁会为他们的死亡而哀悼呢？谁会记得他们曾经活过呢？

“大先生”回忆说：“有一次，我们去俄国旅行，发现了一个古老的东正派教堂。教堂里有个老年人，独自站着，念着悼亡祷告词。出于礼貌，我们问他在为谁祈祷。他抬眼看了看我们，回答道：‘我在为自己念。’”

第二次死亡。就是你死了，没有人会记得你。我想这大概就是为什么在美国文化中，有那么多人努力要在这个世界上留下自己的印记。要为人所知。成名在我们的文化里是多么重要。为了出名，我们唱歌，自曝家丑，减肥，吃虫子，甚至自杀。年轻人把内心最隐秘的想法发到网上，广而告之；在自己的卧室架起照相机。就好像我们在呐喊：注意我！记住我！但恶名声是持续不了多久的。那些名字很快被人们淡忘，什么痕迹也留不下来。

******

那么，我问“大先生”，你如何避免第二次死亡？

他回答：“从短期来看，答案很简单。家庭。我希望我能够活在我们家族后几代人的心目中。如果他们记得我，为我祈祷，那我就能够以某种形式还活着。我们一起创造了那些记忆，那些欢笑和眼泪。

“不过就算那样，也是很有限的。”

为什么呢？

他用唱词回答我。

“如果……如果我做得还不错，那么，有一代人会记得……记得我，或许两代人……但是最终……他们会问：‘他是谁来着？’”

我反驳他。但开口没说几句我就打住了。我意识到，拿我自己来说，我就不知道曾祖父的名字。我也从来没有看到过我曾祖父长什么样子。就算是关系很紧密的家族，牢固的关系又能够维持几代人呢？

“大先生”说：“这就是为什么，信仰是如此的重要。这是一根我们所有人都可以拉住的上山下山的绳索。或许很多年过去之后，人们不再记得我。但是我所相信的，我所接受的——关于上帝，关于我们的传统——却能够生生不息地传下去。这些是我们的父母亲们，我父母亲的父母亲们，传给我们的。如果这些传统能够被我的孙子孙女，我孙子孙女的孙子孙女们继承，那么我们就有了，你知道……”

传承？

“没错。”

******

我们该回布道会去了,我说。

“没错。来,帮我一把。”

我意识到房间里除了他只有我。没有我的帮助,他无法从椅子里站起来。这离开他站在布道台上用洪亮的声音演讲,而我坐在人群中完全被他所吸引,多少年已经过去了?我努力不让自己再想下去。我笨手笨脚地走到他后面,嘴里数着“一,二……三”,扶着他的胳膊肘帮他站起来。

“啊,”他吐了口气,“老喽,老喽,老喽。”

我打赌你一定能够再来一次很棒的布道。

他抓住助步器。听到我的话,停住了。

“你真的这样想?”他轻声问。

当然,我说。毫无疑问。

他们家的地下储藏室里，有记录着“大先生”、萨拉和孩子们早年生活的录像带。

有五十年代初期，他们抱着第一个孩子沙洛姆，逗他玩的影像。

有几年之后，他们和双胞胎女儿，奥娜和蕾娜在一起的影像。

还有六十年代，他们推着最小的女儿吉拉尔的录像带。

尽管影像已经略微有些模糊，但“大先生”脸上快乐的表情却依然呼之欲出。他抱着，搂着，亲吻着他的孩子们。他看起来似乎是注定要成为一大家子之长的。他从来不打孩子。他几乎没有高声训斥过他们。他给孩子们留下的是一小段一小段温馨时刻的记忆：午后从教堂漫步回家，陪几个女儿晚上做功课，一家人在安息日的晚上吃一顿长长的晚餐，边吃边交谈，夏日里陪儿子玩棒球，转过身子把球从头顶抛出去。

有一次，他开车带沙洛姆和他的小伙伴们从费城回来，快要经过一座桥的收费站的时候，他问那几个男孩是不是准备好了护照。

“护照？”他们问。

“你们的意思是你们没有护照——没有护照你们就想进入新泽西？”他叫嚷道，“赶紧，赶紧藏到毯子下面去。屏住呼吸！不要发出任何声音！”

后来，他一直拿这件事情和他们开玩笑。就在汽车后座的那条毯子下，一个家庭故事就这么诞生了，一个父亲和儿子会记住几十年的笑话就这么诞生了。一份家族的记忆。一次一个记忆。

他的孩子们都已长大成人。他的儿子是一个颇有声望的拉比。大女儿是图书馆馆长。小女儿是一名教师。他们每个人都有了自己的孩子。

“我们有一张照片，所有的人都在一起，”“大先生”说，“每当我觉得死亡快要临近的时候，我会看着那张照片，每个人都笑盈盈地看着我。我会对自己说，‘阿尔，你干得还不错。’

“‘你的不朽就在其中’。”

教堂

我走进教堂，一个额头高高，身材瘦削的男子朝我点点头，递给我一个白色小信封，那是为人们捐钱而预备的。他示意我可以随便找个地方坐下。外面下起了倾盆大雨，屋顶上的大洞似乎就在头顶。黑黑的一个大窟窿，淌着水。木条地板上放着的一列红色水桶，承接着不断滴落的雨水。

大多数长椅都空着。靠近讲坛的地方放着一架可移动的风琴，有个人坐在风琴前，不时奏出一个和弦来，边上的鼓手配合着 —— 嘭，嘭 —— 打在某个节拍上。小乐队的演奏在大厅回响。

亨利牧师站在一边。他穿着一件蓝色的长袍，衣服的前裾后摆在飘摇。在他的几番盛情邀请之下，我决定来参加他主持的礼拜。我自己都不太肯定我为什么会来。或许是因为好奇。或许，说得更直接点，我是来看看他是否值得我信任，值得我捐钱给他。我去之前我们已经交谈过数次。他对他的犯罪历史毫无隐瞒 —— 贩毒，滥用枪支，监狱生活 —— 尽管他如此坦诚是件好事，但毕竟，如果计较他的个人历史，那你是绝对不会相信这样一个人会值得托付。

但他脸上的神情中，有一种哀伤和坦诚，他的声音里，有一种疲惫，就好像他已经受够了这个世界，至少是这个世界上的一部分事情。虽然我总是想起一句老话 ：“千万不要相信胖牧师”，但我倒也不担心亨利·科温顿贪污教会的钱，因为他根本没有钱可以贪污。

他从自己的沉思中抬起头，看到了我。然后继续祈祷。

******

亨利·科温顿是一九九二年受纽约国际朝圣大会的罗伊·布朗主教的派遣来底特律的。布朗在他的教会里发现了亨利，听了他的见证，带他去监狱讲道，看到了囚犯们对他的故事的反应。在培训并教导了亨利之后，他任命亨利为执事牧师，并把亨利派到了汽车之城底特律。

亨利愿意为布朗做任何事情。他把整个家搬到了底特律市中心的一个华美达旅店。他每周可以从教会领到三百美元的周薪，使命是在这里建立起一个新的朝圣教会。他的交通工具是一辆旧的黑色大轿车，是布朗主教给他的。这也是为了方便布朗主教周末到底特律来讲道。

数年中，亨利在三个不同的牧师手下工作过，每一个牧师都表扬他学习的热诚，并且发现他非常能够和周围社区的民众打成一片。他们把他升职为长老，最后他也成了牧师。但是，朝圣教会最终失去了对芝加哥的兴趣，布朗主教不再来了，亨利的工资也没有了。

他们告诉他，自己看着办吧。

因为无法支付按揭，他的房子被强行收回。当地警局在房子上贴上没收的标签。水和电也被掐了。同时，疏于管理的教堂锅炉坏了，水管上满是裂缝。当地的毒贩们放出话来，只要这个地方能够变成他们的秘密批发点，钱不是个问题。

但亨利不愿再回到以前的生活。

他锲而不舍。他成立了自己的兄弟守护教会。他请求上帝的引领，他竭尽全力，维持教堂和一家人的生活。

******

此时，风琴声响了起来。有个人拄着拐杖一瘸一拐走上台。他就是我第一次来的时候遇见的那个瘸腿人。大家叫他“卡斯”，是安东尼·卡斯特罗的昵称。他其实是教堂的长老。

“感谢你，感谢你，主啊，”他开始念祈祷词，眼睛几乎闭着，“感谢你，感谢你，感谢你……”

有人鼓掌。有人叫好，“好……”，听起来更像“好……耶”。有人陆续进来，大门被打开时可以听到外面的车流声。

“感谢你，耶稣……感谢您给了我们这样一个牧师，感谢你赐予我们这样一天……”

我数了数，教堂里共有26个人，全是黑人，大多数是妇女。我前面站着一个老妇人，她的裙子和加勒比海是一个颜色，她还戴着相配的帽子。就人数而言，这个教会比起加利福尼亚那些超级教会不知道小了多少，连一个郊区犹太堂的人数都不如。

“感谢你赐予我们这样一天，感谢你，耶稣……”

卡斯长老结束了开场祈祷之后，转过身，离开讲台。但他走的时候，拐杖绊到了电线，话筒掉在了地上，发出巨大的噗嗤声。

一名妇女赶紧上前把话筒拾起来。

教堂里安静了下来。

亨利牧师走了上去，他的脸颊和额头上已经满是汗水，亮晶晶的。

* * * * * *

牧师出来讲道，对于我而言，意味着放松身心时刻的到来，因为我就要进入享受聆听的状态了。在“大先生”讲道的时候，我一直是这样的。所以出于习惯，我在长木椅上坐下，在风琴奏完《奇异恩典》最后一个音符的时候，我调整了下脊背，滑坐到一个舒适的姿势。

亨利的身子朝观众倾斜着。他保持着那样的姿势，好像在开口之前还需要最后沉思一下。然后他开口了。

“奇异恩典……”他摇晃着脑袋说，“……奇异恩典”

有些人在下面重复道，“奇异恩典！”有些人鼓起了掌。显然，这些人不是我所习惯的那种安安静静、沉思默想的观众。

“奇异恩典，”亨利低声吼道，“我本来应该已经死了。”

“嗯–嗯！”

“应该死了！”

“嗯–嗯！”

“该去死了！……但是因为他的恩典！”

“是的！”

“他的恩典……拯救了一个迷途的人。是的，我曾是个迷途的人。你们知道什么是迷途的人吗？我曾是个毒贩，酒鬼，我是个瘾君子，骗子，小偷。无恶不作。但是，耶稣来了……”

“耶稣！”

“他是我所知道的最伟大的废物回收利用者！……耶稣……他拯救了我。他给了我新的生命。他给了我新的位置。靠我自己，我一无是处……”

“好……耶……”

“但他改变了一切！”

“阿门！”

“昨天……昨天，朋友们，我们的屋顶掉下来一大块。教堂在漏水。但是你们知不知道……”

“说吧，牧师……”

“你们知道你们知道你们知道……那首歌是怎么唱的……哈利路亚……”

“哈利路亚！”

“无论何时何地！”

他开始鼓掌。管风琴也响了起来。鼓手在他后面敲。一时间，整个讲坛像是被聚光灯给照亮了。

“哈利路亚，无论何时何地……”亨利唱道，“……永远不要被生活的磨难给打倒……”

“无论你经历了什么，”

“放开声音说……”

“哈利路亚……无论何时何地！”

他的声音很美，纯净而明亮。从这样一个大块头的男人身体里居然能够发出这样的高音，让人有些意外。整个教堂里的人都全神贯注，饱受鼓舞，开始鼓掌，摇动肩膀，而且一起唱了起来——所有的人，除了我。我觉得自己像一个被遗弃的合唱团成员。

“哈利路亚……无论何时何地！”

歌声一停，亨利旋即接上刚才的布道。在祈祷、赞美诗、说话、唱歌、布道、恳求、呼唤和回应中，没有任何间歇。显然这都是完整的一体。

亨利说：“昨晚我们在这里，看着四周，看着四周，墙皮在剥落，到处都是裂缝……”

“没错！”

“你可以听到水灌进来的声音。到处都放了水桶。我问上帝寻求帮助。我开始祈祷。我说，‘主啊，请让我们看见你的悲悯和仁慈。帮我们修好你的屋子。只要修好这个洞……”

“现在呢……”

“有那么一阵子，我要绝望了。因为我不知道能够从哪里弄到钱来修房子。但是我停住了。”

“这就对了。”

“我停住了，因为我突然意识到一个事情。”

“是的，牧师！”

“你们明白吗，主在乎的是你做了什么，主可不管什么房子不房子。”

“阿门。”

“主可不管什么房了不房了！”

“对了，对了！”

“耶稣说过，‘不要为明天忧虑，因为明天自有明天的忧虑。’主可不管什么房子不房子。他关心的是我们，我们心里的东西。”

“耶和华是万军之王!”

“如果这里是我们崇拜主的地方——如果这里是我们崇拜主的地方……如果这里是我们唯一崇拜主的地方……”

他停顿了一下。接下来他似乎是自己在呢喃：

“那这就是神圣的地方。”

“是的，牧师！……祷告吧，牧师！……阿门！……好……耶！”

人们站了起来，使劲鼓掌。亨利的话语感动了他们每个人，虽然教堂的房子如此破烂，但他们的灵魂仍受关爱。或许主正透过屋顶上的破洞看着他们。

我抬起头，看到红色的水桶和滴落的雨水。我看到穿着蓝色大袍的亨利在往台下走，一边走一边还在唱着祈祷歌。我不知道该怎么形容他——有魅力，很神秘，还是有些不对劲？不管怎么说，我觉得他妈妈说得还真是没有错。他注定是要成为一名传道者的，不管他花了多长时间才走到这一步。

我开始阅读有关其他宗教的书籍。我很好奇地想知道，这些宗教是不是其实比我想象的要更加相似。我读的内容涉及摩门教、天主教、苏菲教派[1]和基督教贵格会[2]。

我还看了一部有关印度教徒恒河朝圣的纪录片。朝圣的旅途从恒河的入海口一直到其在喜马拉雅山之源。传说中，当神在空中和魔鬼作战时，有四滴圣水从天空掉落，这四滴圣水分别掉在了地球上四个地方。朝圣就是为了到这些地方，用河水洗澡，洗去罪恶，带来健康和拯救。

参加朝圣的有数百万人。或许是上千万人。那绝对是壮观的一幕。我看见蓄须的男子在跳舞。我看见穿着唇环、皮肤上涂着粉饰的圣人。我看见为了朝圣在大雪山中旅行了好几个星期的老妇人。

这是地球上最大规模的宗教聚会，被称作是“世界上最大的出自于信仰的统一行动”。但对于大多数美国人来说，这完全是异端。那部纪录片把恒河朝圣称作为“以个人的微小举动成就人类的集体壮举”。

我不知道我定期拜访新泽西的那位老人，是不是也属于这个范畴。

---

① 苏菲教派(Sufis)：伊斯兰教神秘主义教派，其主安拉在苏菲信众心目中，是易于亲近和理解的形象，有别于其他教派较为严肃的诠释。

② 基督教贵格会(Quakers)：基督教的一个教派，又称教友派或者公谊会，是基督教新教的一个派别。该派成立于十七世纪，创始人为乔治·福克斯。

美满的婚姻

我还没有仔细介绍过“大先生”的老婆。我应该说几句。

根据犹太传统，每个男孩出生前四十天，上天会有一个声音宣布他将会娶谁为妻。如果是这样的话，那么“萨拉”这个名字应该在一九一七年就向着阿尔伯特宣布了。他们的结合年深岁久，充满了爱和韧性。

他们是在布赖顿海滩的一个招聘会上认识的——他是校长，她正在找寻一份英语老师的工作——面试时，他们在几个问题上无法达成一致。她走的时候心想，“这份工作看来没戏。”但是，他非但雇用了她，而且爱慕她。数月之后，他把她叫进办公室。

“你现在有男朋友吗？”他问她。

“没有。”她回答。

“好。请保持这样的状态。因为我想我会向你求婚的。”

她觉得很好笑。但她竭力没有表露出来。

“那还有其他事情吗？”她问。

“没有了。”他回答。

“好的。”就这样，她离开了办公室。

******

因为害羞，他隔了好几个月才再度开口。他们开始约会。他带她去餐厅。他带她去科尼岛[1]游玩。他第一次试图亲她的时候，紧张地打起了嗝。

两年后，他们结婚了。

在共同生活的六十年中，阿尔伯特和萨拉·刘易斯一共抚育了四个孩子，其中一个早夭。他们一起在孩子的婚礼上起舞，为彼此的父母送终，迎来了七个孙子孙女，住过三幢房子，从来没有停止过支持对方，也从来没有停止过争论。他们互相爱护，彼此珍惜。他们之间也有争吵，甚至互不理睬，但到了晚上，孩子们透过门缝，看到他们坐在床边，手拉着手。

他们是真正的一对。有时候站在讲道坛上，“大先生”会拿她开玩笑，“对不起，那位年轻的女士，你能够告诉我你的名字吗？”她会用她的方式来反击他。她告诉人们：“我和我的丈夫度过了非常美好的三十年，我永远也不会忘记我们结婚的日子，一九四四年十一月三日。”

“等等……”听的人打断她，“那这样算起来，你们结婚的日子可远远不止三十年啊。”

“没错，”她回答，“周一时有二十分钟在一起。周二还不错，

---

① 科尼岛(Coney Island)：其实是个半岛，十九世纪后半期这里兴建了很多游乐场、餐厅和旅馆，提供纽约市民休闲娱乐，但从二次世界大战后就逐渐没落。

有一个小时。如果把这些时间都加起来，那可不就是三十年吗。”

大家都笑了，她的丈夫也不禁莞尔。在给年轻的神职人员提的建议中，“大先生”曾写过一条：“找一个好伴侣”。

他找到了他的。

******

丰收能够让农夫更明白耕种的道理。同理可证，多年的婚姻也让“大先生”更明白如何才能让婚姻成功——或者说什么样的情况会不成功。他主持了近千场婚礼，从最简单的到喧闹庸俗到让人尴尬的。有很多长久的婚姻，也有很多不成功的。

你能够预测哪些婚姻会成功吗？我问。

他回答：“有时候。那些能够很好地沟通的夫妻成功的几率很大。如果他们的信仰相似，价值观相似，那么成功的几率也就大一些。”

那么爱情呢？

“他们应该一直有爱。但爱是会变的。”

此话怎讲？

“爱——那种神魂颠倒的情感——‘他真帅，她真漂亮’——那是会萎缩的。一旦情况改变，那种爱立马消失得无影无踪。

“另一方面，真正的爱能够自我丰富。真爱会生出信任，越长越强大。就像《屋顶上的小提琴手》[1]里描述的那样。你记得吗？当特伊唱起‘你爱我吗？’的时候？”

他提及这出音乐剧，我应该一点也不觉得奇怪。我觉得《屋顶上的小提琴手》差不多代表了“大先生”的世界观。宗教。传统。社区。丈夫和妻子——特伊和格尔黛——他们用行动，而非语言，证明了他们的爱。

“她说，‘你怎么能够问我是不是爱你呢？看看我为你做的。除了爱，你还能怎么称呼这样的感情呢？’

“那种爱——那种通过生活创造出来的爱——那种爱是持久的。”

******

“大先生”和萨拉能有这样的爱是幸运的。他们历经磨难，互相依赖——而且无私。“大先生”喜欢这样告诉年轻人：“记住，婚姻和战争的唯一区别在于把‘我’字放在什么地方。[2]”

---

① 《屋顶上的小提琴手》：Fiddler on the Roof，这个剧本是根据阿列切姆的犹太文学作品《特伊和他的五个女儿》（或者是《送奶工特伊》）改编的两幕音乐剧。该剧的灵魂人物是男主角特伊。他是一位养乳牛的东欧犹太人，平时给人们送牛奶维生。他具有非常开明的思想，并深爱着他五个未出嫁的女儿。为了她们的幸福，一开始他虽然接受了富有的屠夫的求亲，最后还是同意让大女儿如愿嫁给了青梅竹马的穷裁缝；勇敢地破坏了传统，让二女儿和激进的大学生自由恋爱；甚至突破了心理上极大的矛盾，让三女儿和俄罗斯族青年私奔。是一位非常了不起的慈爱父亲。

② 这里所用的“婚姻的”和“战争的”两个英文单词，marital 和 martial，区别在于“i”位置的不同。

有时候，他也会讲这样一个笑话："有一个人向他的医生抱怨，说他的妻子发起怒来'就变得非常有历史感。'

"'你的意思是她有些歇斯底里？'医生没有听明白，如此问。

"'不，是历史感，'那个人回答，'她会把我从前做错的每一件事情都一五一十列举出来！'"

不过，"大先生"也明白，在当今社会，婚姻是多么不牢固。他为很多新人主持婚礼，看着他们的婚姻破裂，然后在他们再婚的时候再为他们主持婚礼。

"我觉得现在的人对婚姻的期望过高，"他说，"他们期望完美。每一刻都是幸福的。那是电视剧或者电影中才可能发生的事情。那不是正常的人类经验。

"就像萨拉说的，这里有二十分钟的好时光，那里有四十分钟，加起来就是一段美好的婚姻。秘诀在于当一件事情不那么美好的时候，不要把整件事情看得都很糟糕。争吵没有什么大不了的。另一个人烦你了，恼你了，也没有什么大不了的。这是和一个人亲近相处必然发生的情况。

"但是，从这种亲近中所换得的快乐——当你看着你的孩子们，当你醒来的时候互相望着对方微笑——那就是幸福，那是我们的传统所教导我们的。很多人忘记了这一点。"

为什么他们会忘记？

"因为'承诺'这个词失去了它的意义。我上岁数了，我记得过去这可是一个褒义词。一个有承诺的人是人们仰慕的对象。

他是忠诚的，可靠的。现在，承诺变成了人们极力避免的事情。人们都不想让自己安定下来。

“顺便说一下，这和信仰一样。很多人不想让自己被一种信仰所束缚，因为这样就要一直去做礼拜，或者遵循某些规矩。我们不想承诺上帝。我们只在需要的时候接受他，或者在情况还不错的情况下。但真正的承诺？那是需要持久的力量的——无论是信仰，还是婚姻。”

那如果不承诺呢？我问。

“那是个人的选择。但那样就错过了另一边的风景。”

那是什么样的风景呢？

他笑了。“那是你一个人无法找到的快乐。”

******

过了些时候，穿着外套的萨拉走进房间。像她丈夫一样，她也八十多了，一头浓密的白发。她戴着眼镜，笑容非常具有亲和力。

“我要出去买点东西，阿尔。”她说。

“好的。我们会想你的。”他的手交叉放在肚子上，有那么一刻，他们两个相视而笑。

我想到了他们之间的承诺，六十多年了。现在他是多么地依赖她啊。我想象着他们两个晚上坐在床边，互相握着手。那是你一个人无法找到的快乐。

“我想要问你一个问题。”“大先生”对妻子说。

“什么问题啊？”

“啊呀……我把这个问题给忘了。”

她笑了。“好吧。反正我的回答是‘不。’”

“真的不行？”

“真的不行。”

她走过来，开玩笑似地握了握他的手。

“好了，反正很高兴遇见你。”

他笑了。“很高兴。”

他们亲吻。

我不太敢肯定那个关于出生前四十天定婚姻的说法，但是在那一刻，如果我听到天上有人喊出这两个人的名字，我想我是不会吃惊的。

还是个小孩的时候，我很肯定自己不会娶非犹太教的女孩为妻。

长大成人，我还是娶了非犹太教的女孩。

我的妻子和我是在加勒比海的一个小岛上结婚的。夕阳西下，天气温暖而舒适。她的家人朗读了《圣经》里的篇章。我的兄弟姐妹们则给了我们幽默的祝福语。我踩破了一个玻璃杯。主持婚礼的是当地的一个女法官，她给了我们她的祝福。

尽管我们来自不同的信仰，但我们达成了一个爱的解决方案：我支持她，她支持我，我们参加对方的宗教仪式。尽管在进行某些仪式的时候，我们会静默地站在一旁，但我们总是会说“阿门”。

不过总有艰难的时刻：遇到问题的时候，她会向耶稣寻求帮助，我听到她的低声祈祷，总感觉自己被锁在了外面。当你和不同信仰的人通婚，相结合的不单单是两个人——结合的是两种历史，两种传统，就好像圣餐故事和成人礼的照片混在了一起。尽管她有时候会说的：“我也信《旧约》；我们还没有那么不同。”但其实，我们是不同的。

你会不会因为我和外族通婚而生气，我问“大先生”。

“我为什么要生气呢？”他说，“生气有什么用处呢？你的妻子是个非常好的人。你们互相爱着对方。我看得出来。”

那从工作的角度，你是怎么考虑这一点的呢？

“如果有一天你来跟我说:‘猜猜发生什么了?她想要改信犹太教了,’那我会非常开心的。但在此事发生之前……”

他转而唱起来:“但在此事发生之前,我们会友好相处……”

亨利的故事

我常常忍不住会拿“大先生”和亨利牧师相比。两个人都爱唱歌。两个人的讲道都很出色。和“大先生”一样，亨利在他的宗教生涯中也只带领过一个教会，他也结过一次婚。跟阿尔伯特和萨拉·刘易斯一样，亨利和阿妮塔·科温顿也有一个儿子两个女儿，并且都曾失去过一个孩子。

但除此之外，他们的生活之路截然不同。

比方说，亨利不是在招聘会上碰到他妻子的。他第一次碰到阿妮塔时候，她正在掷骰子。

“来吧，来个六！”她嚷起来。她正和亨利的哥哥在玩骨牌。“六啊，给我一个六！”

她十五岁，亨利十六岁。他一眼被她吸引住，人傻了，就像卡通片里丘比特的箭“嘭”地射中了他。或许你觉得掷骰子这事一点也不浪漫，而且对一个未来的神职人员来说，这也不像是一个找到长久真爱的合适的方式。亨利十九岁被送进监狱的时候，他对阿妮塔说，“我不指望你能等我七年，”她的回答是，“如果是二十五年，我也会等你的。”所以，谁能够说得清楚长久的真爱一定是什么样的呢？

亨利坐牢期间，阿妮塔每个周末都去探望他。她要在午夜时分搭乘公车，坐六个小时，赶到纽约州北部。当太阳升起，探望时间开始的时候，她已经在那里了。她和亨利拉着手，一起玩牌，聊天，直到探望时间结束。尽管交通如此不便，她还是几乎一个周末都没有拉下。她这样做是为了给亨利一点希望，让他的生活有个盼头。亨利的母亲在一封寄往狱中的信里写道：如果不能够和阿妮塔在一起，“你或许能够找到另外一个女人，但你再也找不到你的妻子了。”

他一出狱，两人就在摩莱亚山教堂举办了个简单的结婚仪式。那时候他的身材很好，又高又英俊；她还留着刘海。结婚照里，她神采焕发，满脸笑容。在一家名为“射手座”的夜总会里，他们办了个酒会，然后在纽约成衣制造区的一家酒店过了一个周末。星期一早晨，阿妮塔就又上班去了。

那一年她二十二岁，他二十三岁。在接下来的一年里，他们失去了一个宝宝，丢了一份工作，看着热水管在冬天爆裂，天花板上悬挂着冰柱子。

然后，真正的磨难开始了。

******

“大先生”说好的婚姻需要经历得起磨难，亨利和阿妮塔的婚姻正是如此。但是，早些年，那些“磨难”的背后是毒瘾，犯罪，还有躲避警察。并不是《屋顶上的小提琴手》描写的那一类。亨利和阿妮塔都染上过毒瘾，但亨利出狱之后两个人就戒了毒。但在他们的宝宝夭折、热水管爆裂、阿妮塔丢了工作之后——特别是在亨利看到他贩毒的哥哥腰缠厚厚的百元大钞之后——他们又回到了原来的生活，而且陷得更深。亨利在各种派对上兜售毒品，也在自己家贩毒。很快，客人们络绎不绝地找上门来，以至于他不得不让他们在街角排队等着，一个一个进屋。他和阿妮塔都染上了很重的毒瘾和酒瘾，他们的生活中充斥着对警察和当地贩毒头目的恐惧。有一个晚上，几个曼哈顿的毒贩把亨利叫上一辆车，要他出去转一圈，亨利觉得自己很可能会送命；阿妮塔在家等着，揣着一把枪，做好了亨利再也回不来的准备。

但亨利终于跌到了人生的谷底——就是在那个躲到垃圾桶后的夜晚——然后开始往上爬，阿妮塔也是这样。

“是什么让你远离上帝的？”那个复活节的早晨，亨利问阿妮塔。

“是你。”她回答。

接下来的那个星期，他和阿妮塔戒了毒，丢弃了枪支。他们把所有的吸毒用具都扔出家门。他们开始去教堂，每天晚上读《圣经》。有软弱的时候，他们互相帮助，度过难关。

戒毒之后几个月的一天早晨，有人敲他们的门。当时还非常早。一个男人的声音在门外响起，说他想要买点货。

亨利在床上回答他，让他走。他告诉门外的人他已经不干这行了。但那个人很执著。亨利喊道：“这里什么都没有。”但门外的人还是坚持不懈地敲门。亨利从床上爬起来，用毯子裹着身体，走到门口开门。

“我告诉过你……”

“不许动！”那个声音叫道。

亨利看到五个持枪的警察对着他。

“让开。”其中一个说。

他们推开房门，让阿妮塔也原样待着不许动。他们把房间搜查了个遍，翻了个底朝天，并警告他们，如果他们藏有任何违法的东西，最好主动坦白。虽然亨利知道自己已经把那些东西都给扔了，但他的心还是忍不住狂跳。我漏了什么东西吗？他向屋子四周打量。这里没有，那里也没有……

哦，不。

突然，他无法呼吸了，感觉就像有个棒球塞进了他的喉咙。小茶几上放着两个红色的笔记本。亨利知道一本是他每天晚上读《圣经》所抄录下的箴言。另外一本要更旧一点。里面记载着上百次的贩毒记录，包括人名和交易金额。

他把这本旧笔记本翻出来是为了要将其销毁，但现在它可能毁了他。一个警官走了过去，拿起上面的那本翻看起来。亨利的膝盖发软，胸膛剧烈起伏。那个警官翻开一页，从上往下看了一遍，然后丢开本子，继续搜查。

显然，他对那些箴言没有什么兴趣。

一个小时后，警察们都离开了，亨利和阿妮塔抓起那个旧笔记本，马上付之一炬了。那一天剩下的时间里，他们不停地感谢上帝。

******

如果你的牧师告诉你类似的故事，你会怎么想呢？一方面，我钦佩亨利牧师的坦诚，另一方面，我又觉得他做尽了坏事，不配当牧师站在讲道坛上。不过，我已经听过他数次讲道，他引用过《使徒行传》，八福[①]，《所罗门书》，以斯贴皇后的故事，以及耶稣对门徒所说的“为我失丧生命的，将要得着”来说明罪人可以得救的道理。亨利唱起赞美诗来神情专注，充满激情和吸引力。而且他好像总是在教堂里，要么是在二楼的办公室，要么就是在那个灯光昏暗的小型体育馆中。他的办公室窄而长，里面放着一张会议桌，是前面的租户留下来的。一天下午，我在没有通知他的情况下去教堂拜访他，发现他坐在那里，双手合十，眼睛闭着，正在祈祷。

在天气转冷之前，亨利有时候会在教会边搭起一个烧烤架烤吃的：鸡肉，虾肉，还有各种信徒捐来的食品。无论是谁，只要饿了，都可以来拿。有时候他甚至会跑到街对面，站在一堵正在坍塌的水泥矮墙上布道。

“我从那堵墙上传播出的上帝的话，可不比我在教堂里传播

① 八福：《圣经·新约·马太福音》第五章耶稣“登山宝训”中论“福”有一段说教，提到八种有福的人。

的少。”亨利有一次这么告诉我。

为什么这样做呢?

“因为有些人还没有准备好进教堂的门。或许他们有罪恶感,因为过去的行为。所以我就走出去,给他们带个三明治。”

就好比是上门推销?

“是啊。只不过这些人没有家,无门可敲。”

有些人是吸毒的?

“哦,当然。有些星期天来做礼拜的人也吸毒。”

你不是在开玩笑吧。在你讲道的时候?

“哦,是啊。我可以很清楚地看出来。看到那些不停摇着头的人,你就知道‘嗯,这些家伙肯定吸了厉害的玩意儿了’。”

那这不让你感到不舒服吗?

“一点也不啊。你知道我是怎么跟他们说的吗?我不在乎你们是不是喝醉了,是不是刚从毒贩那里出来,我不在乎。如果病了,我就去医院的急诊室。如果病没好,那么就再去。所以,无论你的病是什么,就让这间教堂成为你的急诊室。在你痊愈之前,记得要一直来。”

我看着亨利宽阔的、充满温情的脸。

我能问你一个问题吗?我说。

“好的。”

你从犹太教堂偷了什么东西。

他松了口气,笑出声来。“信不信由你——是信封。”

信封?

“是啊,信封。那时我不过是个毛头小子。那些比我年龄大的,早就溜进去把所有值钱的东西都带走了。我只找到一盒信封。我逃出来的时候就拿了那些信封。”

那你还记得你用那些信封干吗了?

“不记得了,完全不记得了。”他回答。

我看着他,看着他的教堂,想着一个人有没有可能真正了解另一个人的人生。

我搬了一箱“大先生”过去讲道的稿子回家。我一页页翻阅。有一篇是五十年代写的，标题是《犹太会堂的意义》。还有一篇是六十年代写的，标题是《代沟》。

我还看到有一篇的标题是《雨滴不停打在我头上》。那是七十年代末的作品。我读了一遍。我又读了一遍。

他呼吁大家帮助维修快要坍塌的屋顶。

“大先生”是这样写的：“每次下雨我们的屋顶都会流下很多眼泪。”他提到有一次坐在教堂里，他“差点被一块湿漉漉的屋顶瓷砖”给砸中。还有一次，因为连续下了两天的雨，为参加婚礼的人们而准备的鸡汤中“增加了诸多不该出现的调料”。还有一次晨祷会的时候，他不得不抓起扫帚敲打一块拱起来的砖，让积在里面的雨水流走。

在这篇布道辞中，他恳求会众们奉献更多，好让这个崇拜上帝的场所不至于坍塌。

我想起了亨利牧师和那个屋顶上的洞。这是我第一次看到这两个人经历过共同的事情。一个市中心的教堂。一个郊区的犹太会堂。

但是，我们的教会最终筹到了足够的钱。而亨利根本不可能从他的信徒那里筹钱。

十一月

你的信仰，我的信仰

我记得年少时，“大先生”布过一次道，逗得我哈哈大笑。他朗读了来自另一个教派的神职人员写给他的感谢信。信的末尾是这样写的：“愿你的上帝——和我们的上帝——保佑你。”

我觉得好笑是因为这样说来，天上竟有两个上帝，还可能收到同样的信息。那时候我年纪太小，还没有办法领会这背后所藏的深意。

我曾在美国中西部生活。那个地区被人戏称为“北部圣经带”。宗教在那里是个严肃的问题。我记得在超市买东西的时候，有陌生人对我说“上帝保佑你”，弄得我不知道该如何回应。我采访的运动员们将他们的成功触底和本垒打归为“上帝和救世主耶稣的荣耀”。在底特律，我和印度教徒、佛教徒和天主教徒们一起参加过各种义工活动。因为大底特律地区号称有中东之外最大的阿拉伯居民区，宗教问题成了日常生活的一部分。曾经有一场争论，一个清真寺每天播放提醒人们去祈祷的广播，这引起了住在清真寺周围的波兰裔居民的不满，因为清真寺的音乐和教堂的钟声混在了一处。

换句话说，“愿你的上帝和我们的上帝保佑你”——谁的上帝保佑谁——已经从一个好玩的问题变成了一个有争议的问题。我对此一直保持沉默。我几乎是在逃避这个问题。我发现很多信仰非主流教派的人也是这样做的。让我慢慢疏离信仰的一部分原因是因为我不想说起这个问题就得为自己辩护。现在回想起来，这真是一个令人悲哀的理由。但事实确实如此。

* * * * * *

感恩节前不久的那个周日，我从纽约搭乘火车去看望“大先生”。我走进他家，拥抱他，在他的金属助步器的开道下，跟他走进书房。他的助步器上挂着一个小篮子，里面有几本书，不知道为什么，还放着一只染成红色的葫芦。

“大先生”调皮地说：“我发现大家都喜欢看我把助步器扮成超市推车，这样他们就放心了。”

他要我为他写悼词的请求，现在俨然成了压在我心头的“期末考卷”。在有些拜访中，我觉得离交卷的那一天还遥遥无期；而有些时候，我觉得恐怕时间不多了，可能几个星期都熬不过，也就剩那么几天的时间了。这一次，“大先生”看起来情况还不错，眼神清澈，声音有力，这让我感到很宽慰。我们坐下后，我告诉他我所参与发起的为无家可归者筹款的慈善活动，包括我去体验流浪者过夜的经历。

我不太敢确定我是否该对一名犹太拉比提及一所基督教堂的事情。我有罪恶感，就好像自己是个叛徒。我记得“大先生”

曾对我讲过这样一件事情，他带老派的祖母去看棒球比赛。当每个人都为本垒打而欢呼雀跃的时候，她毫无所动地坐着。他转过身，问她为什么不鼓掌。她用希伯来语对他说："阿尔伯特，这对我们犹太人有什么好处吗？"

但我的担心其实完全没有必要。"大先生"根本不做这样的价值判断。"我们的信仰教导我们做善事，帮助贫困的人们。这是正义的。无论你帮助的是谁。"他说。

******

很快我们就进入对一个最根本的问题的争辩。不同的信仰如何共存？如果一种信仰相信的是一套，另一种信仰相信的是另一套，那怎么可能两者都是对的呢？还有，一种信仰有没有权利——甚或义务——去改变别人的信仰呢？

"大先生"的职业生涯中一直面临着这些问题。他回忆说："五十年代初的时候，我们教会信众的孩子们在上校车之前，都会把他们的犹太书籍用牛皮纸给包起来，不让人看到。你想想，对这里的很多人来说，在我们之前，他们都没有见过犹太人。"

那是不是因此而发生了很多奇怪的事情？

他笑了。"哦，当然。我记得有一次有一个母亲沮丧地来找我。她的儿子是班上唯一一个犹太男孩。学校排练圣诞演出的时候，派给了她儿子一个角色。这个角色是耶稣。"

“我就跑去找老师。我向她解释了其中的尴尬之处。她的回答是，‘拉比，那正是为什么我们会选择他的原因啊。因为耶稣就是个犹太人嘛。’”

我记忆中也有类似的事情。小学时，我是没有份参加那些缤纷、盛大的圣诞剧，诸如“佳音报你知”或是“铃儿响叮当”的演出。我只能加入学校其他几个为数不多的犹太男孩，唱犹太圣诞歌小陀螺：“小陀螺，小陀螺，小陀螺，我用泥土做陀螺……”我们拉起手站成一圈，模拟一个转动的圆环。没有道具。没有演出服装。在歌曲结束的时候，我们都要倒下。

我敢保证我看到了很多非犹太教的父母，强忍住不笑出声来。

******

在宗教的争辩中很难有一个赢家。谁的上帝更好一点？谁的《圣经》是对的，谁的是错的？我赞同影响了甘地的印度诗人拉杰昌地的说法：没有哪一种宗教比另一种宗教更优越，它们都让人们离上帝更近。就拿甘地自己来说，他结束断食的时候，会随兴念一段印度教的祈祷文，伊斯兰教的祈祷词，或是基督教的赞美诗。

这么多年来，“大先生”一直坚守自己的信仰，但从不试图改变其他人的信仰。作为一个总的原则，犹太教不寻求改变他人的信仰。实际上，从传统而言，犹太教甚至不鼓励人们改变信仰投入犹太教的怀抱，而是强调信仰可能带来的艰难和困苦。

并非所有的宗教都如此。纵观历史，成千上万的人因拒绝改变宗教信仰，拒绝接受另一个上帝，拒绝批判自己的信仰而惨遭杀戮。二世纪著名的犹太学者亚科瓦拉比就是因为拒绝放弃自己的宗教研究而被罗马人折磨致死。他们用铁耙碾过他的身体的时候，他留给这个世界的最后一句话是："听着，以色列，主是我们的神，主是唯一。"也就是说，他死的时候唇边挂着的最后的词是"唯一"。

******

那个祈祷——还有那个"唯一"——是"大先生"信仰中不可或缺的一部分。唯一，也就是唯一的神。唯一，也就是神的创造，亚当，是唯一的。

"问问你自己，'为什么上帝只创造了一个人？'""大先生"摇晃着一个手指头，问我。"为什么，如果上帝执意要不同信仰的人互相争吵，那为什么他不一开始就造很多不同的人呢？他创造了树，对不对？不是一棵树，而是无数棵树。为什么人就不是那样的呢？"

"因为我们都是从同一个人来的——也都是从同一个神来的。那就是一个信号。"

那么，为什么，我问，现在的世界如此分化？

“你可以这样看待这个问题。你会希望世界看起来到处都一样吗？不，生命的奇迹就在于其不同。

“在我们的宗教里，我们有问答，阐述，论辩。在基督教，天主教和其他信仰中，也是同样的情况——论辩，阐述。这就是其美妙之处。就像一个音乐家。如果你找到了一个音符，你不停地演奏同一个音符，反反复复，那你肯定会发疯的。不同的音符组合在一起才成为音乐。”

成为什么样的音乐呢？

“就是相信有比你更高一层的东西存在。”

那如果持其他信仰的人不承认你的信仰呢？甚至因为你的信仰而要你去死？

“那不是信仰。那是仇恨。”他叹了一口气。“如果你问我的话，我觉得当这样的事情发生的时候，上帝肯定坐在那里流眼泪。”

******

他咳嗽了，然后像是为了安慰我，脸上随即又露出微笑。家里人已经为他请了全职的家庭看护人员；看护中曾经有一个来自加纳的高个子妇女和一个强壮的俄罗斯男人。现在的看护是一个来自特立尼达的漂亮印度小姐，从周一工作到周五。她叫蒂拉。上午，她帮他穿衣服，做一些轻微的运动，然后为他准备午饭，开车带他去超市和教堂。有时候，她会在车里放些印度宗教音乐。"大先生"挺喜欢那些音乐的，还会询问她歌词是什么意思。她谈起印度教中转世这一概念的时候，"大先生"还仔细询问了她，并向她抱歉说自己过去没有花足够的时间去了解印度教。

作为一名神职人员，你是怎么做到有如此开放的心态的？我问。

"你瞧，我知道我自己信的是什么。它在我心底里。我经常告诉我们的人：对于你们所拥有的信仰的真实性，你们应该确信，但是你们也应该谦卑地认识到我们并不是无所不知的。因为我们不是无所不知的，我们就必须接受其他人可能有其他的信仰。"

他叹了口气。

"我并不是这个说法的发明者，米奇。大多数宗教都教导我们要爱我们的邻居。"

此时，我脑子里想的是：这位老人真令人敬佩。他从不横加指责其他信仰，也不对别人的信仰问题说三道四，即使是在私下，即使是在暮年。我同时意识到自己在信仰这件事情上实在有点懦弱。我应该为自己的信仰而骄傲的，不应该如此没有安全感。我大可不必对自己的信仰闭口不谈。如果你不认同摩西，你也不认同耶稣，如果清真寺，斋戒，诵经，麦加，佛，忏悔，或者重生，这些事情你都不认同——那么，问题恐怕是出在你自己身上。

再问一个问题可以吗？我问“大先生”。

他点点头。

如果有其他宗教信仰的人说：“上帝保佑你，”那该怎么回答？

“我会说，‘谢谢你，上帝也保佑你。’”

真的？

“为什么不呢？”

我发现自己无法回答他的反问。根本回答不了。

我读了一些佛教故事和寓言。

其中一则讲到有一个农夫,醒来发现他的马跑了。

一些邻居路过看到,说:“太糟糕了。运气真差。”

那个农夫回答,“可能吧。”

第二天,那匹走失的马带着几匹野马跑了回来。那些邻居祝贺农夫,说他时来运转了。

“或许吧。”农夫回答。

农夫的儿子试图骑一匹新来的马,结果摔断了腿。邻居们又上门表示慰问。

“或许吧。”农夫还是这样回答。

隔了一天,军队里来人想征他儿子入伍——但因为他摔断了腿便没有收他——大家都很高兴。

“或许吧。”农夫还是这样说。

我听过类似这样的故事。这些故事很优美,因为它们简单,且有种听天由命的意味在里面。但我不知道我是否能对自己在意的事情做到如此不在意。我不知道。或许吧。

我们找到的……

离开“大先生”家之后，我又去了次犹太会堂，我想找出教会四十年代老楼的一些资料。

“或许我们的档案里有。”我打电话过去的时候，接电话的女子告诉我。

我不知道你们还有档案，我在电话里说。

“所有的事情我们都有档案。我们还有你的档案呢。”

你不是在开玩笑吧？我能看看吗？

“如果你想看的话，没问题。”

******

我走进门厅。教会学校还在上课，到处都是孩子。那些还没有成为少女，但已经带上点羞涩的女孩们蹦蹦跳跳地走来走去，男孩们则在大厅里奔跑撒欢。他们扶着自己的头，以防小圆帽掉下来。

一切都没有变，我想。通常，这会给我一种优越感。我已经远走高飞了，而那些可怜的家乡小男孩还在重复着同样的事情。但这一次，我感到了距离，与空虚。

嗨，我的名字是—— 我对前台的一位女士说。

“我们知道你是谁。这就是你要的档案。”

我惊奇地瞪大了眼睛。是啊，我几乎忘了我们家在这里居住已经有四十多年了。

谢谢，我说。

“没问题。”

我接过档案，踏上回家的路。或者，那个现在被我称之为家的地方。

⚘⚘⚘⚘⚘⚘

在飞机上，我靠坐在椅子上，解开扎在文件袋上的橡皮筋。我回想了一下我离开新泽西之后的人生。我年轻时的梦想——成为一个“世界公民”的梦想——在某种程度上已经成为现实。我的朋友遍布不同的时区。我写的书被翻译成各种语言。这么多年来，我换过很多住处。

但是，你可能经历了各种各样的事情，但那些事情到头来和你没有什么关系。我对于机场的熟悉程度要超过我对我所居住的小区的熟悉程度。我在全国各地所认识的人的数目，要超过我认识的邻居数目。我的“社交圈”就是我的工作圈。我的朋友都是通过工作而认识的朋友。交谈也都是关于工作的。我的大多数社会交往都是因为工作关系而发生的。

最近几个月，这些工作支柱正在坍塌。朋友们被解雇了。公司裁员。他们的工作期限被买断。办公室被关闭。那些你一打电话就能找到的人再也找不到了。他们发了电邮，说他们正在寻找“令人兴奋的新机会”。我根本不相信“令人兴奋”之说。

没有了工作联系，人际关系也就没有了，就像磁铁失去了磁性。我们承诺说要保持联系，但又无法兑现承诺。对有些人来说，失业的人就像是得了传染病的人一样接近不得。不管怎么说，没有了工作的共性——抱怨，八卦——还剩下些什么可以交谈的呢？

******

我将档案袋里的东西倒在飞机坐椅的桌板上，发现里面有成绩单，旧试卷，甚至有一篇我在四年级时写的关于以斯帖皇后的剧本。

末底改：以斯帖！

以斯帖：是的，叔叔？

末底改：到城堡里来。

以斯帖：可是我没有衣服。

里面还有“大先生”写的祝贺信的副本——有些是手写

的——祝贺我考进了大学，祝贺我订婚。我感到很羞愧。他是要通过这些信件和我保持联系。而我都不记得自己收到过这些信件了。

我想到了我生活的关系网。我想到了那些被解雇了的，或者因病而辞职的朋友。有谁给了他们安慰？他们去了哪里？显然，他们没有找我。也不能找以前的老板。

通常，他们应该可以从他们的教会，或者寺庙那里得到帮助。各种宗教社团的成员会捐钱，煮饭，掏钱付账单。他们做这些是出于爱，出于同情，知道这是构成“圣洁的团体”的基础工作。这就是“大先生”口中所提起的社区的概念。这也是我曾经属于，但我自己并没有意识到的一个组织。

飞机降落了。我收拾起那些文件，重新用橡皮筋将它们扎起来。我感到了小小的悲哀，像是旅行归来，发现有什么东西在旅途中丢失，再也找不回来了。

感恩节

底特律的秋天非常短暂，像是一眨眼的工夫，树秃了，城市的颜色也像被吸收殆尽，留下的是荒芜的水泥森林。头顶上的天空是惨白色的，初雪飘落。我们摇起车窗，取出冬衣。城市的失业率在飙升。很多人再也无法负担房屋按揭。有些人选择了打包出走，将他们的世界，他们的家，留给银行，留给那些弱肉强食者。这还只是十一月初。一个漫长的冬季就在眼前。

感恩节前的一个周二，我去了兄弟守护会，想亲眼看看他们帮助无家可归者的计划实行得如何。对亨利牧师，我还是无法做到完全放心。他的教会在每一个方面都和别家不同——至少我是这样认为的。但"大先生"的话在我心中回响。他告诫过我：你可以完全相信你自己的信仰的真实性，同时又接受别人有别人的信仰。

此外，还有那整个关于社区的概念——底特律是我的城市。所以我决定要做尝试。我帮助亨利购买了蓝色的防水布盖在屋顶漏水的地方，这样至少教堂里面不会被水淹。翻修屋顶是个大得多的工程，建筑商估算说需要大约八万美元才能动工。

"哇！"亨利听到这个估算的数字后发出了一声惊叹。他的教会已经好多年没有接触过如此大笔的资金了。我很为他难堪。要拿出这个数目来，需要有对这个教会更有信心的慈善机构出面。我目前只能做到给一张防水布——也就是一个初步的尝试，这对我而言就已经够了。

******

我下了汽车，寒风打在脸上，冰凉彻骨。因为有了帮助无家可归者的项目，教堂边出现了很多包裹得严严实实的流浪者。有几个人在抽烟。我注意到有个体型瘦小的男子抱着个小孩，等走近了，我才发现这个戴着滑雪帽的人其实是个妇女。我为她把门打开，她在我之前先走了进去。孩子趴在她的肩头。

走进教堂，我听到了很大的动静，好像是很多小型引擎在工作，还听到了叫喊声。我站在可以俯瞰整个体育馆的天桥走道上。下面放满了折叠桌，大概有八十个左右无家可归的男男女女围坐在桌子旁。他们穿着破旧的外套和连帽衫。只有少数几个有棉外套。有一个人穿着底特律狮子队的夹克。

人群中站着亨利。他穿着蓝色的圆领长袖衫和一件厚重的外套。他在桌子中间穿行，身体的分量不时从一只脚转移到另一只脚上。

“我是个堂堂正正的人！”他喊道。

“我是个堂堂正正的人！”众人跟着他喊。

“我是个堂堂正正的人。”他又喊。

“我是个堂堂正正的人。”众人也跟着他喊。

“因为上帝爱我！”

“因为上帝爱我！”

有几个人鼓起了掌。亨利吁出一口气，点点头。一个又一个，很多无家可归者站了起来，围成一个圈，互相拉起手。众人开始一起祈祷。

然后，好像是出于一种默契，围成一圈的人站成一条直线，朝厨房走去，那里有热乎乎的食品等着他们。

* * * * * *

我拉了拉外套。感觉教堂里出奇地冷。

“晚上好，米奇先生。”

我抬头看到了卡斯，就是那个独腿的教会长老。他和我打招呼的腔调——“你好，米奇先生”——让我感觉他好像要脱帽行礼似的。他坐在走道上，拿着一个笔记本夹。他叫我的时候声音里带着轻快的调调，我听说他几年前因糖尿病和心脏手术后的并发症而失去了一条腿，不过他总是很开心的样子。

嗨，卡斯。

“牧师就在里面。”

亨利抬头看到我，朝我挥了挥手。在卡斯的注目下，我朝亨利也挥了挥手。

“你什么时候听我讲讲我的故事，米奇先生？”

你也有故事要讲吗?

“我的故事,你非常有必要听。”

听你的口气,好像要讲好几天呢。

他笑了。“不会,不会。但你真的应该听一听。很重要。”

好的,卡斯。让我们想办法安排一下。

这个回答好像让他颇为满意。谢天谢地,他总算没有顺着这个话题再谈下去。我又哆嗦了一下,把外套拉得更紧一些。

这里可真冷啊,我说。

“他们把暖气给关了。”

谁?

“煤气公司。”

为什么?

“还能为什么呢?没有付账呗,我想。”

嗡嗡的声音越来越响。我们要几乎嚷着才能听到彼此说话。

那是什么声音?我问。

“鼓风机。”

他指着几台看起来像是黄色风向袋的机器说。机器开着,吹出暖风,吹向那些排队领取咖喱和玉米面包的无家可归者们。

他们真的把你们的暖气给关了?我问。

“是啊。”

但冬天就要来了。

“那倒是真的。来这里的人很快就会更多了。”卡斯低下头,看着排队的人群说。

******

三十分钟后，亨利和我哆哆嗦嗦在他办公室凑着一台取暖机坐下。有人进来，端给我们放着玉米面包的纸盘子。

怎么回事？我问。

亨利叹了口气。“我们欠了煤气公司三万七千美元。”

什么？

“我知道我们拖欠了一些账单，但都是小数目。我们总是想办法付账的。不料这个秋天，冷得特别快。有礼拜和《圣经》研习会的时候，我们就把暖气打开。但是我们没有想到屋顶的那个洞……”

把暖气都给吸走了？

“往上，往外，都飘走了。机器就不停地工作……”

但产生的热气继续从屋顶漏走，都不见了。

他点点头。“都不见了。说得一点没错。”

那现在你怎么办呢？

“哦，我们还有鼓风机。我们会尽量把这里弄得暖和些让大家睡得着。他们一开始把电也给切了。我打电话求他们，多少留点活路给我们。”

我无法相信自己的耳朵。在美国，在二十一世纪，居然还有一个教堂，冬季没有供暖。

那你怎么用信仰来解释这事情呢？我问。

“我一直在问耶稣这个问题。我说：‘到底发生了什么？是不是像《申命记》第二十八章里所说的，‘你在城里必受诅咒，在田间也必受诅咒，’若不听从神的话？”

那耶稣是怎么回答你的呢？

“我还在祈祷。我说，‘上帝啊，我们需要见你。”

他叹了口气。

“这就是为什么你给我们的帮助是那么重要，米奇。我们的人需要看到一丝希望。上星期下雨的时候，雨水哗啦啦灌到了教堂里；这个星期又下雨了，我们安然无恙。这对他们来说，就是一个征兆。”

我打了个哆嗦。我可不想成为一个征兆。特别不想在一个基督堂里成为一个征兆。那不过是些防水布。蓝色的塑料薄膜。

我能问你一个问题吗？我说。

当然。

贩毒的时候，你能够赚多少钱？

他举起一只手在头颈后搓了搓。“老兄，你知道吗，也就是一年半的时间吧，我赚了大概有五百万的样子吧？”

但现在你连煤气的钱都付不起？

“是呀，”他说，语气一下子低沉了下去，“煤气都给掐了。”

我没有继续追问他是否想念那段时光。现在回想起来，单单是提起这茬已经非常残忍了。

******

稍后，在清理完盘子、折叠好桌椅之后，卡斯开始照着纸板夹上的名单点名："艾佛瑞特！"……"迪麦卡斯！"……一个接着一个，那些流浪汉们一一站出来，领取一张薄薄的人造革床垫和一张羊毛毯子。他们一个接着一个，间隔几尺，铺好过夜的垫子。有些人随身带着装个人物品的塑料垃圾袋，有些人则除了身上的衣物之外一无所有。房间里冰寒彻骨，卡斯的声音在体育馆的上空回荡。大多数人保持着沉默，好像直到这一刻，他们才真正开始直面眼前这残酷的事实：没有家，没有床，没有妻子和孩子的道别。

只有鼓风机在聒噪着。

******

一小时之后，卡斯结束了他的工作。他站起来，拄着拐杖，一瘸一拐地走到前厅。体育馆里的灯光调暗了。人都躺下去睡觉了。

"记着，下次来，我给你讲讲我的故事。"卡斯说。

当然，没问题，我回答。我把手插进口袋，我的手臂和身躯都在发抖。我无法想象这些人在如此寒冷中如何能够睡得着。但他们别无选择，不睡这里，就得睡在屋顶或是被遗弃的车上。

我要走的时候突然意识到我把一个笔记本忘在了亨利的办公室里。我走上楼梯，但他办公室的门已经锁上了。我又走下来。

出来的时候，我又看了一眼体育馆。我听见持续不断的鼓风机的嗡嗡声，朦朦胧胧看到那些裹着毯子躺下的人，有些人一动不动，有些人翻来覆去。我无法描述我当时的心境，当时浮起的一个想法是，所有这些毯子下躺着的都是一个个活生生的男人，每一个大男人都曾经是小孩子，每一个小孩子都曾经在他们妈妈的怀抱里，但现在，怀抱他们的只有这冰冷的体育馆地板，仿佛沦落到了世界的尽头。

我不禁又想到——就算他们过去的作为“不顺从”，如亨利所说——难道此情此景不会让上帝伤心吗？

出来的路上我还看到一个身影。那是一个高大、孤单的身影。亨利牧师会在那里坐上几个小时，看护这些无家可归的人，直到守夜的人来上班。然后，他会穿上大外套，从边门离开，走回家。

我心中突然升起一股强烈的渴望，我渴望赶紧回到自己温暖的床上。我推开门，外面开始下雪了，打在了我的眼睛上。

我和欢乐走了一程；
她一路叽叽喳喳；
但分手时我一无所获
尽管她聒噪不停

我和悲伤走了一程，
她一路无语；
但是，哦！我学到了多少，
当她伴我同行。

—— 罗伯特·布朗宁·汉密尔顿

秋逝

“出事了。”

“大先生”的女儿吉拉尔打我的手机。如果不是碰到了什么事情,她是不可能打我的手机的。她说“大先生”的身体状况恶化了,可能是中风,也可能是心脏病发作。他无法保持平衡,总是往右边倒。他认不出人,开始胡言乱语。

他进了医院,已经住了几天。他们在讨论“方案”。

那他是不是……? 我问。

“我们也不知道。”她说。

我挂了她的电话,马上拨通了航空公司的电话。

******

我赶到“大先生”家的时候,是星期天的早上。萨拉出来迎接我。“大先生”出院了,坐在起居室角落的一张躺椅上。

“你最好知道一下,”她说,声音变得轻下去,“他不是那么……”

我点点头。

“阿尔? ”她招呼他,“你有客人。”

她说得很大声,而且很慢,我能够感到情况和以前有所不同。我走近“大先生”，他转过头，微微抬起下巴，挤出一点微笑，然后试图举起一只手，但也只能举到胸部的高度。

“啊，啊。”他努力发出这样的声音。

他给裹在一条毯子里，身上穿一件法兰绒衬衫，脖子上挂着一个哨子似的东西。

我凑近他，用我的脸庞擦了擦他的脸庞。

“哦……嗯……米奇。”他呢喃道。

你还好吗？这是个愚蠢的问题。

“这不是……”他回答了一半，然后停住了。

这不是……？

他扮了个苦脸。

这不是你生命中最好的一天，是不是？我说。这真是一个蹩脚的幽默。

他试图露出笑容。

“不，”他说，“我的意思是……这个……”

这个？

“哪里……看见……啊……”

我使劲咽了口水。我觉得我的眼泪冒了出来。

“大先生”还坐在椅子上。

但我所认识的那个“大先生”已经不在了。

******

如果我们爱着的人离我们而去，但我们根本没有时间准备，突然之间，那个灵魂就没了，我们该怎么办?

讽刺的是，能够最好地回答这个问题的人现在就坐在我面前。

人一生中可能面临的最重大的损失，就曾经发生在他身上。

一九五三年，也就是他刚加入教会没几年。他和萨拉的家庭已经颇具规模：他们有一个五岁的儿子，沙洛姆，还有一对四岁的双胞胎，奥娜和蕾娜。奥娜的意思是光，蕾娜的意思是快乐。

一夜之间，他们失去了“快乐”。

小蕾娜长着一头棕色的卷发，活泼可爱。在毫无前兆的情况下，她突然呼吸困难。某天夜晚，她躺在床上，发出骇人的喘息声。萨拉听到后过去察看，然后飞奔回自己的卧室，喊道：“阿尔，我们得带她上医院。”

在黑夜中行驶，他们的小女孩痛苦挣扎。她的呼吸道被堵住了，胸口发紧，嘴唇变成了蓝紫色。这样的情形过去从来没有发生过。“大先生”紧踩油门。

他们冲进新泽西卡姆登市路德圣母医院的急诊室。医生们急忙把孩子安排进一间房间。然后就是等待。他们孤独地等待着。他们能做什么呢? 有什么人能够做什么呢?

在安静的走廊里，阿尔伯特和萨拉祈祷着，希望他们的孩子能够活下来。

几小时后，她死了。

******

那是一次严重的哮喘的发作，是蕾娜的第一次，也是最后一次发病。如果放在今天，她多半能够活下来。如果有喷雾剂，知道如何使用，那次发病或许都算不上什么大事。

但现在是现在，过去是过去，“大先生”听一个素昧平生的医生说出了他所能想象的最糟糕的那句话——我们救不了她——那是一个以前他们从没见过的医生对他说的。这怎么可能呢？白天的时候，她还一切都好好的，快乐地玩耍着，一整个人生在前面。我们救不了她？这是什么逻辑，生命的秩序到哪里去了？

接下来的几天是在恍惚中度过的。举办了葬礼，葬礼上小小的棺材。在墓地边，父亲朗诵了悼亡祷告词。这段祷词他为很多人念过，虽然文中没有提及死亡，但总是在葬礼或祭奠上被朗诵。

愿上帝的名被荣耀光大
在他所创造的世界中……

一小铲尘土盖在坟地上。
蕾娜被埋葬了。

“大先生”那一年三十六岁。

******

“我诅咒了上帝，”我们回忆起这段往事的时候他说，“我不断地问他，‘为什么是她？这个小女孩做了什么？她只有四岁。她从没有伤害过任何东西。’”

你得到答案了吗？

“我至今还是没有答案。”

这有没有让你感到愤怒？

“有一段时间，我怒火中烧。”

诅咒上帝有没有让你有犯罪感？

“不，因为尽管那样做了，我还是承认有一种高于我们人类的力量的存在。”

他停顿了一下。

“那也是我治愈自己的起点。”

******

“大先生”回到讲坛的那个晚上，教会里挤满了人。有些人是来吊唁的，而有些人，毫无疑问，是出于好奇。私底下，大多数人都有这样的疑惑：“发生了这样的事情，现在你会怎么说呢？”

"大先生"知道这一点。这也是为什么他在规定的30天哀悼期一结束的那个周五晚上就出现在教堂了。

他站上讲坛,听众们安静下来,他心底的肺腑之言自然地流淌出来——那是他唯一熟悉的讲话方式。他承认,是的,他生了上帝的气。他在痛苦中怒吼,他嘶喊着寻找答案。尽管是为上帝工作的人,当永远地失去了女儿,再也不能把女儿搂在怀中的时候,他还是一样会啼哭,会感到绝望。

但是,他指出,那些他不想,但又不得不遵守的哀悼期的礼仪,比如说祈祷,旧衣服,不刮胡子,遮盖起镜子,帮他保持住了一点清醒,认识到自己是谁,否则很有可能沉溺在悲伤中而无法自拔。

"那些我曾经对别人说的话,现在我不得不对自己说。"他承认。在这个过程中,他的信仰接受了真正的考验:就好比他得吃自己开的药,自己治愈自己受伤的心。

他告诉他们,悼亡祷告词中的话引发了他的思索:"我是传承中的一部分;某一天我的孩子们会为我吟诵这些文字,就像我现在为我的女儿吟诵这些文字一样。"

他的信仰给了他安慰,尽管这无法让蕾娜死而复生,但因为有了信仰,她的死变得不再那么难以承受。信仰让他意识到我们都只是一个强大的生命体系中脆弱的一环。他说,他的家庭是有福的,因为有这个孩子,尽管只有那么短短的几年。终有一天,他会再见到她。他相信这一点。这给了他许多安慰。

他讲完后,在场的每个人几乎都哭了。

******

他告诉我:“很多年后,每当我要去那些失去了亲人的家庭—— 特别是失去了小孩子的家庭 —— 我会努力回想当初是什么给了我安慰。有时候我们只是安静地坐着。就是坐着,或许握住一只手。让他们讲。让他们哭。过了一阵子,我能够看到他们变得好过一些。

“我离开他们,走到屋外后,我会这样……”

他举起一只手指,碰了下嘴唇,然后指向天空。

“蕾娜,你又帮到了一个。”他微笑着说。

******

此刻,坐在他的屋子里,我握着“大先生”的手,就像他为许多人做过的那样。我努力保持微笑。他藏在镜片后的眼睛似乎在微笑。

好吧,我说。我很快会回来看望你的。

他似乎是点了点头。

“你……好的……哦……”他如同耳语般在说。

几乎没有什么可以做的。他已经不能够完整地说出一句句子来了。我觉得我的每一次试图交谈的努力,都只会让他感觉更沮丧。他似乎能够感觉到事情的严重性,我害怕我脸上的表情让他感受到我巨大的悲痛。这真是太不公平了！这个睿智而雄辩的人,几个星期前还在就神性侃侃而谈,而现在他已经被剥夺了他最珍贵的能力。他无法再传授,无法再用他美丽的心灵和头脑,串出一个个美丽的句子。

他不能唱歌了。

他只能抓住我的手,无声地张开嘴巴,再合起。

在返程的飞机上,我写下了一些话。我恐怕我要作的悼词,马上就到交卷的时候了。

“大先生”的一篇布道辞

“如果你问我，你也确实该这么问，为什么一个这么好，这么美丽，能够给予人世这么多意义的小女孩，竟然死了？我无法给你一个合理的答案。因为我也没有答案。

“但有一篇注释《圣经》的文章是这样讲的：第一个人类，亚当，应该可以活得比任何人都长久，他可以活一千年。但他没有活那么长。为了寻到一个答案，我们的智者给出了这样的解释：

“亚当求上帝让他看到未来是怎样的。上帝说：‘那你跟我来。’他带着他去天庭走了一遭，在那里，灵魂都等着被投入人间。每个灵魂都如同一个火种。亚当看到有的火种火焰熊熊，有的则火光微弱。

“亚当看到一个漂亮的火种，火苗旺盛、纯净，发出金黄橙亮的光。亚当说，‘上帝啊，那肯定会是一个非常棒的人。它什么时候降生？’

“上帝回答，‘亚当，我很抱歉，那个灵魂，尽管美丽，但无法被降生。因为它注定了要犯罪，玷污自己。我选择了不让它自我玷污。’

“亚当恳求上帝说，‘但是上帝，人类需要教导和指引。所以，不要剥夺我儿孙的机会吧。’

“但是上帝温和而坚定地回答道：‘我已经做了决定。我没有剩下的年限分派给它了。’

“亚当大着胆子，回答道：‘上帝啊，那我是不是能够把我的年限分一些给它呢？’

“上帝回答亚当说，‘如果那是你的愿望，我可以做那样的安排。’

“就这样，亚当没有活到一千岁，而是在九百三十岁的时候死了。

“许多世代之后，有一个孩子在伯利恒降生了。这个善于歌唱的孩子长大后成为以色列王。他用一生引领他的人民。《圣经》是这样说的：‘看啊，大卫王在活了七十年之后被埋葬。’

“我的朋友们，如果有人问我为什么有的人早早地离世而去，我只能从我们的传统智慧中去寻找答案。大卫王确实没有活得很久，但是在世时，他教导人，指引人，给我们留下了伟大的精神财富，其中包括《圣经》中的诗篇。人们常常在葬礼上，引用《诗篇》第二十三节：

“‘耶和华是我的牧者；我必不至缺乏。
他使我躺卧在青草地上，
领我在可安歇的水边。
他使我的魂苏醒……’

“能够和我的女儿蕾娜有四年的时光，是不是比根本就不认识她，要更好呢？”

春夏秋冬

有四个人抬着一个瘫痪病人来见耶稣。因为人多，他们无法把他抬到耶稣面前。于是在耶稣所在之处的屋顶上拆开一个洞。

《马可福音》2：3–4

冬至

周日的早晨，雪下得很密。我拉开教堂巨大的前门，走进前厅。教堂里寒冷彻骨——而且空无一人。屋顶上的那个大洞还在。我可以听到风吹动蓝色遮雨布的声音。隐隐传来管风琴的声音，但是看不到一个人。

“嘘。”

我转过身，又看到了那个额头高高、身材瘦削的男子，他指了指大厅边的一个门。我走过去，推开门，仔细一看，才发现是怎么回事。

门后面的地方像是个临时的小教堂，只有两小排坐椅那么宽，一边的“一堵墙”是用块小木板隔出来的，木板上用订书机订着塑料薄膜。头顶上也是塑料薄膜，矮矮的，有点像孩子们在阁楼里搭出来的城堡。

显然，因为没有暖气抵御严寒，他们想出的办法就是在教堂里用塑料布搭一个帐篷出来。教堂的信众们挤在有限的座位上。因为空间小就不显得那么寒冷了，不过人们还是得穿户外的厚外套。这里就是亨利·科温顿牧师举行周日礼拜的地方了。大讲坛变成了小讲桌，身背后高耸的管风琴换成了一幅用图钉钉在墙上的黑白色旗帜。

我走到最后一排坐椅，坐下，亨利正在这样说：“上帝，我们感谢你。你是给人带来希望的上帝……我们感谢你,赞美你……以耶稣之名,阿门。”

我四下看了看。屋顶上有个大洞,暖气被人掐了,人只能待在塑料帐篷里,这个教堂还能支撑多久呢。

******

亨利那一天布道的主题是改过自新。他一开场就先感慨,要改掉一个陋习是多么难——特别是在吸毒这件事情上。

“我知道那是怎么回事,”他用低沉的嗓音说,“我知道,你们发誓说,‘我再也不这么干了……下一次等我有钱了,我要做这个,做那个。’然后你回到家,向爱人保证说,‘我错了,但是我会改的’……”

“阿门!”

“但是等你有了一点钱,那些誓言——统统被扔到九霄云外。”

“是……啊!”

“你过得很糟糕,不想再那样下去了,又累又糟糕……”

“又累又糟糕!”

“你不得不向上帝承认,那东西要比你强大——比那些戒毒中心也要强大——比教堂里的牧师也更强大……我需要你,上帝……我需要你,耶稣……”

他开始拍手。

“但你得像史摩基·罗宾逊[①]那样坚强。”

他开始唱歌，唱了两句“我是你的俘虏”[②]的歌词。

然后重新开始讲道。

“或许你揣着钱去超市，买了些吃的。然后碰到什么人，你的意志又软弱了……花了七十元钱买的食物，二十元的价格卖了出去换成……”

“十五元！”

“是的，先生们……十五元……没有错，如果你被那种要吸一口的感觉搞得要发狂的话……我告诉你们，我知道那是怎么回事，我知道那种陷在里头的感觉。”

“阿门！”

“但我们必须要和它作斗争。而且自己戒毒还不够，如果我们周围有其他人在努力，我们也必须对他们有信心……”

“接着讲，牧师！”

“《使徒行传》中讲到保罗在转变信仰之后，人们不信任他，因为他以前迫害过教徒，后来却变得满口称赞。‘这是同一个人吗？不可能！不会的，不会的’…… 人们无法看清你，因为他们

---

① 史摩基·罗宾逊(Smokey Robinson)：美国当代最有影响力的黑人歌手之一，同时也是一位出色的音乐制作人，是摩城音乐的经典代表之一。八十年代，他因沉溺毒品而导致事业走下坡，但后来他皈依宗教，戒了毒，再创事业巅峰。

② “我是你的俘虏”(*You Really Got a Hold on Me*)：甲壳虫乐队著名的一首单曲。

心目中的你还是过去的你。我在做牧师的过程中碰到的最大问题就是他们总是以皈依上帝之前的我们来评判我们……”

“是的，没错！”

“保罗也有同样的问题……他们看着他……他们无法相信他是耶稣派来的人，因为他们用他的过去来评判他……”

“是的，没错！”

“他们只看他的过去。如果我们也以自己的过去来审视自己，那么我们就是没有看到上帝的作为。上帝的作为！我们就是没有看到我们生活中发生的点点滴滴的改变……”

“赶快告诉我们啊。”

“如果别人夸我干得不错，我的反应是，‘我正在努力。’但是有些知道我的过去的人 —— 每次回纽约都能碰到那些人 —— 每次他们听到我成了这里的牧师，突然之间，他们的反应就变成了‘伙计，我知道你拿了钱。我知道你一定是拿了钱。我知道你的。’”

他停住。再开口的时候，声音变低了。

“不，我说。你知道的是过去的我。你可能认识那个人，但你不认识我正在努力变成的那个人。”

******

坐在后排座位上的我感到一阵尴尬。我对于亨利的看法，和他描述的那些人，非常相似。我猜想，他在纽约的时候，一定是笑着告诉别人：“是啊，我正在努力开拓新的天地。”

但实际上呢，他在一个塑料帐篷里布道。

“你不再是过去的你了！”他对他的信众们说。

你有没有过这样的感受，牧师的布道好像是对着你的耳朵，对你一个人说的。当那样的情形发生的时候，通常那是因为你自己的关系，和布道者无关。

十二月

善与恶

经过了那么多年和疾病的顽强斗争，我相信“大先生”或许能打败任何病魔；只是，当它们一起袭来时，他没有了胜算。

这一次发病使他无法站立，神智不清，言语含混。但那其实不是中风，而是因为数症并治、共同用药而造成的不良结果。在各种医生的各种诊断之下，他所服用的用来控制中风的药物狄兰汀过量了，导致中毒，使他丧失了知觉。

简单地说，“大先生”成了过量药物的受害者。

在经历了非常糟糕的几个月之后，这个问题终于被发现。医生调整了用药的剂量，之后没几天，他的意识就恢复了。

吉拉尔和萨拉先后给我打了电话，向我通报了这个情况。

“真是奇迹……”她们说，“真是太好了……”

她们的声音是如此欢欣鼓舞，就好像夏天突然降临后花园，给万物带来蓬勃生机。我已经有好几个月没有听到她们用这样的语调讲话了。我赶紧从东海岸飞过去。走进“大先生”家，在他的书房里看到他的第一眼——我真的不知道该如何用笔墨来形容当时的感觉，我读过那些故事，说处于昏迷中的人，在数年之后突然醒转过来，提出要吃巧克力蛋糕，一旁的家人们目瞪口呆，无法相信眼前的情形。或许，我的心情和他们的类似。

我所看到的是：他坐在椅子上，转过身来。他穿着那种带很多口袋的马甲。他伸出骨瘦如柴的手臂，兴奋地眯起眼睛，尽管眼角皱纹密布，但那眼睛仍旧散发着光芒。他吟唱着和我打招呼："哈……罗，陌生人……" 那一刻，我真的觉得看到了一个死而复生的人。

******

在我们都坐安稳之后，我问他，那是什么感觉？

"像一场雾。又像一个黑洞，" 他说，"我似乎是在里面，又不在里面。"

你是不是觉得那是……你知道……

"生命的终结？"

是啊。

"有时候。"

那些时候你想的是什么呢？

"主要想的是我的家人。我希望他们能平静地接受这一切。但我又感觉到无能为力。"

你把我，我们，都吓坏了，我说。

"我对此很抱歉。"

别，别那么说，这并不是你的过错，我说。

"米奇，我问过自己为什么事情会这样，" 他用手摩擦着下巴说，“为什么……这么说吧，这一次我又逃脱了。毕竟，只要再多那么……”

几毫克？

“是的。我就完蛋了。”

你是不是很生气？

他耸耸肩。“这么说吧，发生这样的事情，当然不高兴，但我还是相信那些医生们尽了自己的力。”

我无法相信他能够如此宽容。如果这样的事情发生在别人身上，绝大多数人肯定已经去找律师了。但我猜想“大先生”肯定觉得他能够再多活一些日子，不是为了打官司的。

“或许我还能给予这个世界多一点点东西。”他说。

或者是获得？

“只有给予，才能获得。”他说。

就知道他会这么说。

******

不要以为“大先生”说的是陈词滥调。我知道他完全出自真心。能够给予别人帮助是他最开心的事。但同时，我觉得那可能也和他的职业有关。因为宗教的关系，他得像林肯所说的那样，致力于找出“存在于我们内心中的那个善良天使”。

另一方面，拿破仑曾经说过，“宗教不过是让穷人不去谋害富人的东西”，那意思是说，没有了对神的敬畏 —— 或者说是因为有地狱的存在 —— 我们很多人可能为所欲为。

只要看看报上的那些大标题就可以证实这个想法。最近几个月的重大新闻事件包括，恐怖分子在印度炸了火车，破产的安然公司的前高管们被判刑，门诺教派的一所学校内发生了一个卡车司机射杀五名女生的事件，加州一个生活在游艇上的议员因收受上百万贿赂而入狱。

那一天，我问拉比，你觉得我们人类的本性是邪恶的吗？

“不，”他回答，“我相信人性中有善。”

那真的有一个善良天使驻守在我们心中吗？

“内心深处，是的。”

那为什么我们人类会做出那么多坏事？

他叹了口气。“因为上帝给予了我们 —— 有时候我会觉得给得太多了 —— 自由意志。自由选择的意志。我相信上帝给予了我们造就一个美丽世界所需要的一切，只要我们做出聪明的选择。但我们的选择可能很糟糕。我们可能把事情搞得一团糟。”

人能够在善与恶之间转换吗？

“大先生”慢慢点点头。“两种方向的转变都是可能的。”

******

关于人类的本性是一个讨论了几个世纪的问题。如果一个小孩子被隔绝在社会、媒体和各种社交环境之外，这个小孩会长成一个善良、心态开放的人吗？还是会变成一个凶残、嗜血、只为自己的生存而考虑的人？

我们永远无法知道答案。我们不是由狼抚养长大的。但很清楚的一点是，我们被各种各样互相冲突的欲望所支配。基督教相信撒旦用罪恶来引诱我们。印度教则认为罪恶是对生命平衡的一个挑战。犹太教认为趋恶和向善是人类所面临的两股相冲突的力量；最初，罪恶的力量可能如同蛛网般脆弱，但是如果允许其生长，它则有可能变得如同缆绳一般粗壮。

“大先生”有次讲道的时候谈到，同样一件事情，在我们自由意志的选择下，可能是善的，也可能是恶的。语言可以用来祝福，也可以用来诅咒。钱可以用来拯救，也可以用来毁灭。科学知识可以用来治病救人，也可以用来屠戮无辜。就连大自然的力量，也可能是建设性的，或是破坏性的：火可以用来取暖，也可以用来焚烧；水可以滋养，也可以淹没生命。

“但是在创世记的故事中，我们从没有读到过‘坏’这个字。上帝没有创造过‘坏’的事情。”

所以上帝让我们来决定？

“上帝让我们来决定，”他回答，“现在，我相信上帝有时候会握紧了拳头说，‘哦，不要那样做，那样做你会有麻烦的。’但你可能会问，那为什么上帝不出来阻止？为什么他不消除那些负面的力量，让正面的力量变得更强大？

“因为，从一开始，上帝就说，‘我把这个世界交到你们的手里。如果我来统治一切，那就不是你们的世界。’所以上帝创造我们的时候，我们的内心是有神性的，我想上帝每天看着我们，怀着爱在为我们祈祷，祈祷我们用那个叫做自由意志的东西，做出正确的决定。”

你真的觉得上帝也祈祷？我问。

“我觉得祈祷和上帝是交织在一起的。”他回答。

******

我注视着他，他讲话，分析，谈笑的本领让我钦佩。几个星期前，我们还搓着手，流着泪，为他担忧。他的女儿说这是一个奇迹。或许是的吧。而我呢，还因为他身体状况的好转而松了口气——这意味着我还不需要马上就写出他的悼词来。

我们听到门外有汽车喇叭的声音，出租车来了。

他总结说：“好吧，这就是最近发生在我身上的事情。”

我站起来，拥抱了他一下，比以往要更紧些。

不要再吓我们了，好不好？

“哈哈，那你得跟我的老板谈谈。”他大笑，竖起拇指，朝天指了指。

卡斯的故事

我近来的故事。我喜欢这个讲法。这比我一生的故事更讲得通，因为每个人在出生和死亡之间，有太多的故事可以讲。孩提时的故事，成年时的故事。找寻生活的道路，安定下来，陷入爱河，成为父母，因信仰而接受考验，意识到生命有限 —— 少数幸运的人在意识到这一点以后，还能做一些有意义的事情。

“大先生”做到了。

有些人亦是如此。

我不是指亨利 —— 虽然他有很多个人生故事可以讲。

我这里说的是亨利身边忠实的教堂长老，那个一条腿的卡斯。在数次提醒和敦促之后，我们终于在一个寒冷的夜晚，在教堂的塑料棚里坐下。“米奇先生，我一定要和你说说我的事……”他的嗓音有些嘶哑。

听下来，安东尼·卡斯特罗（“卡斯”）确实有一个让人瞠目结舌的人生故事：他来自一个大家族，曾经是个明星运动员，后来参军，退役，回到家，变成了一个毒贩。

“但那些都不重要，现在，我真正要给你讲的故事是……”

接下来就是他讲的他近来的故事。

******

“十八年前——那时候我的两条腿都还在——我在一个叫“甜心”的酒吧里被人在肚子上戳了一刀。那里是我贩毒的据点。两个家伙走进来，一个从后面抓住我，另一个抢走了我身上的毒品，然后给了我一刀。我被送到医院，差点死掉。我流了很多血。起初医生说我能够活过当晚就不错了。但出院后，我又干起了老行当。

“没过多久，我因贩毒而被送进监狱。三年。在那里我皈依了伊斯兰教，因为伊斯兰教徒都很干净，他们会照顾好自己的身体。有一个叫乌萨的人教我怎么祈祷，就是一天五次，跪在祈祷垫上，念‘感谢安拉’。

“但这个家伙，乌萨，在所有这些仪式结束之后，他会小声念：‘以耶稣之名，阿门。’一天，我把他拉到一边问他是怎么回事。他说，‘听着，伙计，我在这里是个伊斯兰教徒，但在外面，我家里人都是基督徒。我不知道死了之后到底是安拉，还是基督说了算。我只是想能进天堂，你明白吗？我不会永远都不回家的，卡斯。你知道吗，但我也有可能就死在这里了。

“就这样，离开监狱的时候，我还是稀里糊涂的。我对上帝敬而远之，又开始贩毒——各种各样的毒品。后来，我身无分文，无家可归。我回到小时候住过的杰佛理[①]。那里已经没有人了，

① 杰佛理：芝加哥一个廉租屋项目，于1953年完工，十年后沦为贩毒大本营。七十年代，因为年久失修，空置率高，枪战频繁，大部分房屋在2001年前后被拆除。

房子马上要被拆掉。我踢开一个房间的门，睡在里面。

“那是我承认自己成为流浪汉的第一个晚上。”

****

我点点头，听卡斯往下讲，但仍旧不清楚他到底要讲什么。他戴着一顶帽子，拉得很低，遮住了耳朵，他的眼镜和灰色的胡子让他看起来几乎有些艺术家的气质，貌似一个上了年纪的爵士乐手，不过，他身上破旧的棕色外套和截肢会让人马上打破那样的幻想。他的牙齿也没有剩下几颗了，稀疏地伫立在牙床上，像黄色的小篱笆柱子。

看起来他是非要讲完他的故事。我搓着手，一边给自己取暖一边说，“接着说，卡斯。”我一张口，嘴边就冒出一圈圈白烟。当时就是这么冷。

“好的。米奇先生。我真正要说的是：因为贩毒，我好几次差点死掉。一次，我晚上回去，一进门就有人用一把枪猛砸我的脑袋，在我的脑袋上砸出个大窟窿。我到现在也不知道他们是为了什么。然后他们就让我躺在那里等死，他们把我的裤子拉下来，把我的口袋掏了一个空。”

卡斯凑上前来，把帽子摘掉。他的头上有一个三英寸长的疤。

“看到了吗？”

他把帽子又拉上。

“那时候，每一天晚上，要么是吸了毒昏昏沉沉的，要么就是喝醉了，要么就是走投无路地想该去哪里睡觉。我用各种各样的方法搞点小钱。我替一家酒吧倒垃圾。讨饭。当然，还有就是偷啰。有曲棍球和棒球比赛的时候，溜进赛场，偷一面橘红色的旗子，指挥开车的人‘就停这里’，如果你穿戴得还过得去，人家就会上当。拿过他们停车的钱，然后开溜，再去买毒品。”

我摇摇头。我去过那么多场曲棍球和棒球比赛，估计我也很有可能递过停车费给卡斯。

“几乎有五年的时间，我就这么着在街上流浪，”他说，“五年。在各种被废弃的地方睡觉。有一个雨夜，因为我实在无处可去，我睡在了一个公共汽车站，几乎活活被冻死。那时候我很瘦，因为总是饿极了，我的前胸和后背几乎就是贴着的。

“我一共只有两条裤子，都穿在身上。我有三件衬衫，我也都穿在身上。我还有一件灰色的外套，那是我的枕头和被子。我穿一双匡威的运动鞋，上面全是洞洞。我在鞋子里撒了很多苏打粉，这样脚味不至于太臭。”

“你从哪里搞到的苏打粉呢？”

“啊呀，你不知道吗 —— 我们都吸可卡因。大家都需要用苏打粉来混着一起烧。大家都有苏打粉！”

我低下头，感觉自己很愚蠢。

“后来，我听说有个纽约来的家伙，科温顿。他开着辆老爷车，在这里兜圈子转悠。他是教会派来的，所以我们叫他‘破烂大先生’。”

“破烂”什么？我问。

“大先生。”

******

卡斯调整了下坐姿，眯缝起眼睛，好像刚才所讲的都是序言，这才刚刚要进入正题。

“大先生每天来，车上放着吃的——在后备箱里。蔬菜，牛奶，果汁，肉。饿了的人都可以分到一些。有一次他把车停下来，四五十个人排起了队。

“他什么回报都不要。他所做的，就是最后说一句：‘记住，耶稣是爱你的。’对于我们这些流浪汉，这话可不怎么中听。你知道，听了那么多耶稣爱你的话，可到了晚上，还不得照旧躺在被人废弃的楼房里。

“一段时间以后，大先生能够定期从慈善机构获得一些食品援助，他就在家边上的一片空地上发放这些食品。我们有几个人，就在那片空地上搭起了一个烧烤架，烘烤食品。有些人大老远地赶过来。他们会带上一个碗，或是一个调羹，如果他们有的话——我看到有人只有塑料袋子，他们就用手当作调羹，从塑料袋子里捞东西吃。

“牧师就会在他屋子外边给大家讲道。向上帝感恩。”

等等。屋子外边？就在他屋子边上？

“是啊，就是这样啊。很快，我们都喜欢上了这个家伙。看到他来，我们会说，‘破烂大先生来了。快把毒品给藏起来。把酒给藏起来。’他给我们一点钱让我们帮着他卸货——火鸡啊，面包啊，果汁啊。我和另外一个家伙一搭一档，暗中为我们自己搞点吃的，一份留给教堂，两份留给我们自己。我们把一部分食品扔到边上的树丛里，过后再去取出来。

“后来，牧师跟我说，‘卡斯，你有足够吃的了吧？你需要多少，就拿多少。’他知道我们的勾当。

“我很羞愧。”

******

“有天晚上，我刚刚吸完毒，人晕晕乎乎的，我听到牧师喊我名字。我不好意思出去见他。因为吸毒的关系，我的眼睛肯定瞪得像铜铃。他问我第二天是不是愿意帮他去院子里除草。我说，当然，没问题。他给了我十块钱，说明天见。他走了之后，我其实非常想回到我的阁楼，再弄点毒品，过把瘾。但我又不想把他给的钱花在毒品上。所以我跑到街对面，买了点午餐肉和饼干——总之不把钱花在毒品上就好了。

“那个晚上，那个和我待在一起的家伙，趁我睡着的时候，把水槽下的水管给偷了，他是要把这些水管当做废铜卖掉。他开溜后，管道里的水开始往外冒。我醒过来的时候，地上都是水。我几乎给大水冲走。

“我仅有的那些衣服都浸湿了。我去找牧师，对他说，‘对不起，我不能给你干活了，我浑身上下都湿透了。’然后我说我恨那个偷水管的家伙。他回答说，‘卡斯，别担心。有时候有人比你的遭遇还要惨。’

“然后他让我去教堂。他说，‘到楼上，我们有好几包衣服，你挑合适的穿。’就这样我又有了些衣服 —— 米奇，我自己都不知道有多长时间了，我终于穿上了干净的内衣。干净的袜子。一件衬衫。换好衣服，我又回到他那里，他问我，‘卡斯，那你现在准备住哪里呢？’

“我说，‘我不知道。我睡的地方现在全是水。’他走回屋子，和他老婆商量了一会儿，然后走出来对我说，‘为什么不和我们一起住呢？’

“我惊呆了。我是说，我给这人干过一点小活，我还偷过他的食品。而现在，他居然让我住他家里？

“他又问，‘你要考虑一下吗？’我的回答是‘还有什么好考虑的？我是个无家可归的人啊’。”

******

亨利从来没有跟我提起过这些事，我说。

“这就是为什么我要来告诉你，”卡斯说，“那天晚上我就住到了他家。我在那里住了将近一年。一年呐。他让我睡在大房间的沙发上。他们睡在楼上。他们有小孩。我自己对自己说，这个人并不了解我。他不知道我能做出什么事情来。但是他还是信任我。”

他摇了摇头，眼睛望着远处。

“他的仁慈拯救了我的生命。”

我们俩坐在那里，有一刻谁都没有说话，四周安静，而且寒冷。我居然耐着性子听完了兄弟守护会的一个长老讲述他的人生故事。

但，我仍然不知道他的动机。

******

这时候卡斯又开口了，他对我说：“我知道你是怎么看牧师的。你来这里很多次了。或许他不是你心目中牧师应该有的样子。

“但是我真的相信，就是因为这个人，上帝给了我重生的机会。如果我死了，耶稣会站在那道分界线上等我，上帝会说，‘我认识你。’我想同样的情况也会发生在科温顿牧师身上。”

但是亨利这辈子做了不少坏事，我说。

“我知道，”卡斯回答，“我也做了很多坏事。但是上帝不会把你和其他的人来做比较。上帝比较的是你自己。

“或许你生活的环境让你从小就可以学好，就算你做了些小坏事，也其实并不那么坏。但那是因为上帝把你安排在了那样的环境里，让你可以学好。如果你学坏了 —— 那是你让上帝失望了。

“还有一些人，从小就在不好的环境中，周围都是些坏事情，就像我们。如果我们最终变好了，上帝肯定很开心。”

说到这里，他露出笑容，那些不整齐的牙齿从嘴唇缝里露出来。我突然意识到他为什么那么想要告诉我他的故事。

故事的重点根本不是他自己。

你真的叫亨利“大先生”？我问。

“是的，为什么这样问？”

没什么，我回答。

有什么是宽容不能够成就的吗？

维杜拉（印度教哲人）

致歉

离圣诞节还有几个星期，我把手插在口袋里，走到“大先生”家门口。几星期前，医生在他的胸腔里装了一个心脏起搏器，尽管手术的过程颇为顺利，但现在回过头去看，这无疑标志着他迈入了人生最后的里程。就像漏气的皮球，他的健康状况每况愈下。不过他已经活过了九十岁的生日——他还跟子女开玩笑说，九十岁之前，他是当家的，九十岁之后，孩子们想干什么都随他们了。

或许活到那样一个年龄就已经足够了。他几乎不再吃什么东西——一片面包或者一个水果就算是一顿——如果他沿着家门口的车道走一两个来回，那就是大运动了。他的印度护工朋友，蒂拉，还会开车带他去教堂。人们会把他从车上抱到轮椅上坐好，在教堂里，他会和参加课后《圣经》学习班的小孩子们打招呼。在超市里，他推着推车，把它当作助步器，攥牢了掌握平衡。他和其他购物的人们打招呼，聊天。和其他经历过大萧条的人相似，他总是从“对折”的架子上买面包和蛋糕。如果蒂拉表示不赞同，他会说，“不是我缺钱需要买减价的东西——那是我买东西的唯一方式！”

他是个快乐的人，是上帝的杰作。看着他一天天倒下，令人心碎。

******

在他的书房，我帮着他搬盒子。他努力拿起一些书递给我，说不能带着这些书一起走让他很伤心。我看着他从一堆书到另一堆书，看着，记住，拿起又放下。

如果一个人要为了上天堂而准备行李，恐怕就是这样的：抚摸每一样东西，但一样都不拿。

******

你还有什么需要宽恕的人吗？我问他。

“我都已经宽恕他们了。”他回答。

每一个人？

“是的。”

他们宽恕你了吗？

“我希望。我请求过了。”

他望着远处。

“你知道。我们有一个传统。参加葬礼的时候，你要站在棺材边，请求过世的人原谅你所做过的一切。”

他扮了个鬼脸。

“要我说，我可不想等得那么久。”

******

我还记得“大先生”所做过的最公开的道歉。那是他作为教会资深拉比在犹太新年里最后一次布道。

他可以用这个场合来总结他的成就。但他却用这个机会要求教会的信众们原谅他。他为了没有能够拯救更多的婚姻而道歉，为了没有能够更多地探访那些卧床在家的人而道歉，为了没有能够更多地缓解失去了孩子的父母的伤痛而道歉，为了没有足够的经济能力帮助那些经济上有困难的寡妇和家庭而道歉。他还向那些年轻人道歉，为了没能花足够的时间去教导他们。他为了自己不能够参加很多机构组织的午餐讨论会而道歉。他甚至为了自己没能每天学习而道歉，因为疾病和各种邀约偷走了宝贵的时间。

“为了所有这些，宽容的上帝啊，请原谅我，宽恕我……”他最后如此总结陈词。

那是他最后一次公开的、大规模讲道。

“宽恕我”是最后三个字。

******

而现在，“大先生”要求我也不要再等了。

“米奇，抱着怨恨和怒气没有任何好处。”

他握起一个拳头。“那会让你内心没有安宁。比起让你愤怒的事情，你的怨恨本身会对你造成更大的伤害。”

那就随它去吗？我问。

“最好就是根本不产生怨恨，”他说，“你知道这些年来我发现了一个什么样的事实吗？如果我和人家意见不合，人家来找我，我总是先告诉他们，‘这事情我已经想过了。从某种角度而言，你是对的。’

“其实，并不是每一次我都真的那么想。只是这么说，会让事情变得更容易解决。这样的开场，会让别人放松。这样彼此就有商量的余地了。如果我面对的是一个火药味十足的情况，那么我就先，怎么说来着……？”

先把导火索给拆了？

“对。拆了导火索。那就是我们需要做的。特别是在处理家庭纠纷的时候。”

“你知道吗，在我们的传统中，我们请求每个人的原谅——包括泛泛之交。但是对于那些我们最亲密的人——妻子，孩子，父母——我们经常怀着怨气，但又无所作为。不要等待，米奇。那样的等待真的是不值得。”

他接着跟我讲了一个故事。一个男子埋葬了他的妻子。在墓地，他站在“大先生”边上，满脸泪水。

“我爱她。”他小声说。

“大先生”点点头。

“我是说……我真的是爱她的。”

泪水从那男子的眼睛里夺眶而出。

“我……有一次……我差点就要告诉她了。”

“大先生”看着我，满脸悲伤。

“没有说出口的话，比什么都更让人耿耿于怀。”

******

后来，就在那一天，我要求“大先生”原谅我所说过的，所做过的，可能伤害到他的事情。他微笑着回答我说，一方面他想不起来有任何那样的事情发生过，就算有，他觉得“所有这样的事情都已经被化解了”。

好吧，我很高兴我们俩之间不存在任何芥蒂了，我开玩笑地说。

“我们扯平了。”

发生的时间很重要。

“没错。那就是为什么我们的先知们要求我们在临死前一天悔罪。”

但是你怎么知道自己哪一天会死呢？我问。

他扬起眉毛。

“这正是问题所在。”

我也要赐给你们一个新心，将新灵放在你们里面；

又从你们的肉体中除掉石心，赐给你们肉心。

《以西结书》36：26

正视现实

这周就要过圣诞节了，在底特律，屋子前竖着的“出售”的牌子，似乎比节庆的彩灯还多。人们购物的热情也不高涨。小孩子们听大人警告，对今年的圣诞礼物别有太多的期望。这个时代的大萧条的序幕正慢慢拉开，我们已经感觉到了。你可以从人们的脸上看到这一点。

特姆博大街上，亨利牧师的教堂笼罩在黑暗之中——因为他们无法负担建筑物外墙立面照明的花销——除非你拉开那扇边门走进去，否则根本无法知道这栋建筑物里面还有人。我在教堂的那些时间里，从没有见过里面有光线充足的时候。因为线路老化的原因，教堂里总是很昏暗。

******

和卡斯交谈的那个夜晚让我意识到，认识亨利的另外一个方式是：和他教会里的人交谈。

教会信众里仅有的几个白人之一，一个叫丹的男子告诉我，几年前，他是一个酒鬼，一个流浪汉。在那些日子里，他通常睡在底特律贝拉岛[①]上的一个手球场里过夜。每天，他给自己灌下五分之一加仑的烈酒，外加一打啤酒，然后昏睡过去，然后醒过来，然后再喝。一个寒冷的夜晚，他来到亨利的教堂，但门已经关了。坐在车上正要离开的亨利看到了他，叫住他，问他是否在寻找过夜的地方。

“他对我一无所知，”丹告诉我，“我搞不好是‘开膛手杰克’[②]呢。”但是，在接下来的三十天里，丹在教堂里找到了安身之处，而且没有再酗酒。

另一个信徒，是个女子，叫雪莉。她个子不高，但浑身充满干劲。她回忆说在某些周五的晚上和周六的下午，亨利会叫上二三十个孩子睡在他不大的家里。他把这个群体称作为“和平小使者”。他教他们如何煮东西，和他们玩游戏。最重要的是，他给他们安全感。亨利的行为感动了雪莉，使她成为一名教会的长老。

一个叫弗雷迪的男子向我展示了他在教会三楼的一个寝室，房间里有一张木板床。他说这个房间是亨利给他的，之前他睡在街上。一个叫卢安的女子特意告诉我亨利为人主持葬礼和婚礼的时候，从来不收钱。“上帝会给我们报酬的。”他总是这样说。

还有一个叫玛琳的女子，她长得挺漂亮，有一对忧郁的杏眼。她告诉我一个因为吸毒而引发的，充满暴力的悲惨故事。她吸毒的同居男友某天把她和两岁的儿子从床上拉起来，揍了她，

---

① 贝拉岛：底特律河中的一座岛，与市区有桥梁相同，岛上有公园和运动设施。

② 开膛手杰克(Jack the Ripper)：开膛手杰克是于1888年8月7日到11月9日在伦敦东区白教堂一带以残忍手法连续杀害至少五名妇女的凶手的代称。

把母子两个推下一段台阶。她和儿子落在一块旧木板上，木板上一个突起的钉子在她儿子的额头上拉出一条大口子。他不让母子两个上医院，软禁他们，也不管他们还在流血。

两天之后，他终于离开一会儿。玛琳抱起儿子就逃了出来 —— 除了随身的衣服，两个人一无所有。在警察局，一位警官给亨利打了个电话，并让玛琳在电话里和亨利交谈了一会儿。得到了亨利的关心和抚慰的玛琳，让警察带她去亨利的教堂，尽管她从没有见过他。亨利给了玛琳和她儿子热腾腾的食物和一个睡觉的地方 —— 从这以后，她就经常来他的教堂。

基督教会和犹太教会通常是如何吸引来更多的信众的呢？有些开办学校。有些组织团体活动。有些举办单身青年之夜、系列讲座、嘉年华和外出自驾游。每年的年费也是其中的一部分。

但在兄弟守护会，没有年费，没有自驾游，没有单身青年之夜。那些新增的成员加入其中的唯一的，也是最古老的方式是：在绝境中对上帝的需要。

******

但是，这些都无法帮助亨利解决教堂取暖和运营费用的问题。人们还是都挤在一个塑料棚里做礼拜。那些接待无家可归者的夜晚，教堂里还是充满了鼓风机的噪音，那些流浪汉还是得穿着厚厚的外套睡觉。冬天还只是刚刚开始，教堂门口的雪已经堆积了起来。

我通常避免在交给报社的稿件中涉及宗教内容，但这一次，我感觉有必要告诉《底特律自由论坛报》的读者们这些情况。我采访了一些流浪汉，其中包括一个曾经战绩卓著的垒球运动员。一个严寒的晚上，他在一辆废弃的车子上过了一夜之后，十个脚趾都被冻得坏死。

发走了这篇稿子之后，我仍然感觉还有事情没有做好。

******

所以，某个晚上，就在圣诞节前，我去了亨利家。亨利住的地方离教堂只有一个街区之隔。16年前他移居底特律的时候，向银行借贷了3万美元买下了这个地方。现如今这个房子的价值可能连3万美元都不值。

房子的砖墙已经很旧了，前门松松垮垮的。房子旁有一片空地，他曾在那里为街区里的流浪汉提供食品，现在那片空地上都是冰雪和泥浆。他们用来储藏食物的篷房还在，上面盖着网罩，防止鸟儿来偷食。

亨利坐在前厅的一个小沙发上——就是卡斯睡了一整年的地方。他感冒了，一直在咳嗽。他的家很整洁，但很破落。墙皮在脱落，厨房的屋顶有一块已经塌掉了。他看起来比以往更忧郁。或许是因为节日的关系。房间的墙壁上挂着不少他孩子的照片，但显然，今年他们是得不到什么圣诞节礼物了。

在他贩毒的那些日子里，如果他需要一台电视机的话，他的买家会用电视机来换一小点毒品。首饰？名牌服饰？他根本不需要离开家门就可以获得这一切。

我问他，在加入教会的时候，可曾想过有一天经济状况会得到改善？

“没有，”他说，“我打一开始就是想为穷人服务的。”

哦，这样啊，但你也不一定要仿效他们的生活方式啊，我打趣道。

他看了看他破败的家，深深吸了口气。

“我在我该在的地方。”

这是什么意思呢？

他低垂下眼睛。

然后他说了一些我永远都不会忘记的话。

******

“米奇，我是一个非常糟糕的人。我这一辈子所干过的坏事，永远也不能被抹掉。十诫中的每一诫，我都触犯过。”

得了，每一诫？

“是的，在我年轻的时候。从某种意义而言，是的，每一诫。”

偷窃？伪证？妒忌？

“是的。”

通奸?

“嗯-嗯。”

谋杀?

“虽然我没有真的扣动扳机,但是我参与了很多凶杀案件。在一条生命被剥夺之前,我有机会站出来阻止,但是我没有。所以我参与了凶杀。”

他避开我的目光。

“贩毒是个很凶残的行当,狗咬狗,弱肉强食。在我过的那些日子里,很多人被杀。每天都有人丧命。”

“我恨过去的我。虽然我被关进监狱是因为一宗我没有犯下的罪,但我出狱后犯下的罪行足以把我重新送进监狱。我很懦弱。我也很凶残。现在的我已经不是那样了,但过去的我就是那样的。”

他叹了口气,“那就是过去的我。”

他把下巴垂到了胸口。我听到他鼻子发出的粗重的呼吸声。

“我该下地狱的,”他低声说,“我过去做过的那些事情,上帝是不会忘记的。上帝是正义的。种什么因,得什么果。”

“这就是为什么我会告诉我的会众们,不要把我放在圣坛上。我教导大家不要种下苦果,期盼收获美食。我自己就种下了那么多苦果……”

他的眼里涌出了泪水。

“……恐怕收也收不完。”

我不明白，我说。如果你觉得你会受到惩罚……

“为什么还要服侍上帝？”他勉强地笑了一下。“但我还能怎么做呢？这就像每个人都离他而去的时候，耶稣问他的门徒，‘你们也会离去吗？’彼得回答说，‘主，我们能去哪里呢？’

“我明白他的意思。离开了上帝我们能去哪里？他是无所不在的。”

但是，亨利，你在这里做的所有善事……

“不，”亨利摇着头说，“进入天堂的道路不是靠积德行善而铺就的。如果我们每行一善都要以此作为上天堂的依据，那么我们就失去了那个资格。我在这里每一天所做的，我的余生在这里所做的，都是在说，‘上帝啊，不管你为我准备了什么样的永生，请让我对你有所回报。我知道这么做不能抵消罪恶。但是请让我在离去前，用我的生命成就一些事情吧……”

他长长地，吃力地吐了口长气。

“然后，主啊，我就任你处置了。”

夜已深，寒冷依旧。亨利的过去似乎充满了房间的角落。在沉默了几分钟之后，我站起来，拉上外套的拉链。道了晚安之后，我踏着雪离去。

******

我曾认为自己什么都懂。我是个“聪明人”，我“善于解决问题”，因为如此，我获得的成就越多，我就自视越高，嘲笑一切看起来愚蠢或者简单的事情，甚至是宗教。

但那个晚上我开车回家的路上，意识到了一件事情：我既不优秀，也不聪明，我只是比较幸运。我应该为自认为洞明世事而感到羞愧，因为就算你感觉懂得所有的事情，你还是会感觉无所归依。有那么多的人活在痛苦之中——不管他们多么聪明，多么有成就——他们哭泣，他们呼喊，他们受伤。但他们没有向下看，而是向上看，那也正是我应该看的地方。因为当世界安静下来，你能够听到自己的呼吸声的时候，每个人所需要的东西都是一样的：关怀，爱，以及一颗安宁的心。

或许他的前半生过得比大多数人都要糟糕，或许他在后半生里做的不错。但是那个晚上之后，我再也没有怀疑过亨利·科温顿的前半生会影响到他的未来。《圣经》上说，“不要评判。”但是上帝是有权那样做的，而亨利的每一天都活在这道训诫中。那就足够了。

一月
天堂

一月来了，日历又该换新的了，二〇〇八年伊始。在这一年里，美国换了新的总统，经济震荡，民众信心大跌，成千上百万人丢失了工作，没有了家。风雨欲来。

这期间，“大先生”所做的就是从一个房间踱到另一个房间，默默沉思。在历经了大萧条和两次世界大战之后，他不会为了任何头条新闻而一惊一乍。他远离外面的世界，转而聆听内心的世界。他祈祷。他和上帝交谈。他看着窗外飘落的雪花。他倍加珍惜日常生活：祈祷，燕麦早餐，含饴弄孙，和蒂拉坐车外出，打电话给老教友们。

一个星期天的早晨我又去拜访他。我的父母计划稍后过来接我，然后和我一起吃午饭。午饭之后我要飞回底特律。

两周之前的那个星期天的晚上，教会为“大先生”组织了一次特别的聚会，纪念他从业六十周年。那次聚会像是一场庆功会。

“让我告诉你，”他边说边摇头，似乎是仍然无法相信，“好些多年没有见面的人都来了，我看着他们像离散多年的朋友那样互相拥抱、亲吻——我哭了。我哭了。看到我们一起创造出来的这一切。真是不可思议。”

不可思议？我的老教会？那个安息日早晨人们聚会的小地方，那个各种节日里，孩子们从车子里跳出来，蹦蹦跳跳跑去上教会学校的小地方？不可思议？这样说好像太过崇高了。但是"大先生"合拢双掌，几乎像祈祷一样小声低语道："米奇，难道你没有看到吗？我们创造了一个社区。"看着他衰老的脸庞，松垮的肩膀，我想到他六十年来不知疲倦地投身于教育，聆听，努力让我们成为更好的人，是的，相对于目前世界的走向，他所创造的，也许"不可思议"确实是个贴切的描述。

"他们互相拥抱，"他又重复了一遍，眼睛看着远处，"对我来说，那就是天堂的一部分了。"

* * * * * *

我和"大先生"之间的对话无可避免地会涉及死后这一话题。无论你怎么定义 —— 天堂，天界，往生，涅槃 —— 死后的世界对每一种宗教来说，都是一个非常重要的议题。随着他在这个世界上的日子越来越少，"大先生"对于他所说的Olam Habah，也就是来世的思考也就越来越多。从他说话的语气和身体的姿势，我可以感觉到他正在探索这个主题，就像站在山顶的人伸长了脖子想要看看山后是什么风景一样。

我得知，"大先生"买下的墓地，离他的纽约出生地不远，那里还埋葬着他的父母。他的女儿，蕾娜，也埋葬在那里。等到了那一天，三代人将重新相见，至少是在土里。如果他的信仰是真的，那么他们也将在别的什么地方相逢。

你觉得你会再看到蕾娜吗？我问。

“是的，我相信。”

但她离去的时候还是个小孩子。

“在上面，”他小声说，“时间不是一个问题。”

******

“大先生”曾经做过一次布道，讲述 个男子看到了天堂和地狱的景象。在地狱里，人们坐在宴会桌旁，桌上摆满了美馔佳肴。但是他们的胳膊都被铐住，只能前伸，无法弯曲。

“这太糟糕了，”那个人说，“让我看看天堂吧。”

他被带到了另一个房间，那个房间看上去没有什么两样。同样一个宴会桌，同样的美馔佳肴。桌边的人也同样的手被铐住。

不同的是，那些人在互相喂对方吃东西。

******

你是怎么想的？我问“大先生”。天堂是不是那样的呢？

“怎么说呢？我相信会有天堂的。那就足够了。”

他用一只手指划过下巴。“但我承认……隐隐地，想到死亡，我有点激动，因为这个长期以来困扰我的问题终于要有答案了。

不要再谈了。

“什么？”

关于死亡。

“为什么？这个话题让你不舒服吗？”

好吧，我是说，没有人愿意谈及死亡这个词。

我一定听起来像个孩子。

“听着，米奇……”他的声音变轻了。他将手臂交叉摆在胸前。他穿着一件外套，里面是一件格子衬衫，那颜色和他的蓝裤子完全不搭调。“我知道我的过世会让一些人非常难过。我知道我的家里人，还有我爱着的人们——比如说你，我希望——这些人会想念我。”

我会的。我无法告诉他我会有多么想他。

“天上的父啊，”他唱了起来，“我是个快乐的人。我在这个世界上做了不少事情。我甚至让这个米奇……”

他伸出老迈而修长的手指，指着我。

“但是这个人，你看，他还在提问。所以，上帝啊，请让他再多活几年。这样的话，我们重聚的时候，我们会有很多可以谈的。”

他顽皮地笑了。

“怎么样？”

谢谢你，我说。

“不客气。”他回答。

他调皮地在镜片后眨着眼睛。

你真的认为我们以后会有再见的一天吗？

“难道你不这样认为吗？”

好吧，我回答，有些勉强。可是就算这样，我也未必能够到你能够到达的地方。

“米奇，为什么这样说呢？”

因为你是为上帝工作的人。

他慈祥地看着我。

“你也是为上帝工作的人，”他柔声说，“每个人都是。”

******

门铃响了，打破了当时的气氛。我听到我父母在另外一个房间里和萨拉说话。我开始收拾我的东西。我告诉“大先生”几星期后的“超级碗”比赛——“呵呵，超级碗！”他应和道，我觉得挺滑稽的，因为我怀疑他根本就没有看过一场超级碗比赛。不一会儿，我的妈妈和爸爸走进房间，在他们寒暄问候的时候，我拉上了行李包。现在对于“大先生”来说，从椅子上站起来是件挺困难的事，所以他们交谈的时候他一直坐着。

生活挺滑稽的，总是在不停地重复。此刻的情景和四十多年前的情形没有太大的区别，星期天的早晨，我父母到宗教学校来接我,爸爸开车,我们一起去饭店吃饭。唯一的不同是,当时的我就想着快快离开“大先生”,而现在的我,却不愿意离开。

“去吃饭？”他问。

是的,我回答。

“好。一家人。就应该这个样子。”

我和他拥抱了一下。他的前臂紧紧环绕着我的脖子,比我想象的要更紧实。

他突然唱起了一首歌。

“好好过……时间不多啦……”

我那时候还不知道他唱得有多么对。

教堂

“你应该来这里看看发生的事情。”

电话里听起来，亨利很激动。我从车里走出来，注意到街上停着的车子要比以往多，而且有不少人正从教堂的边门进进出出 —— 包括一些以前我没有见过的人。一些是黑人，一些是白人。他们都比通常来这里的教友要穿得好。

我走进教堂，亨利看到了我。他张大嘴巴微笑，张开手臂欢迎我。

“我可得热烈欢迎你。”他说。

我感觉到他巨大、裸露的胳膊拥抱住了我。这让我突然意识到，他只穿了一件T恤。

供热恢复了。

“这儿就跟迈阿密海滩差不多。”他快乐地嚷嚷道。

显然，报纸的文章让煤气公司感到难堪，决定恢复供气，并且和教堂达成了一个协议，允许教堂慢慢还清债务。那些进进出出的新面孔，也是在读了亨利的教堂的故事之后，被感动了，主动上门来帮助准备和分发食物。我注意到餐桌旁座无虚席，全是无家可归者，有男有女，很多人都把外套给脱了。没有了鼓风机发出的巨大噪声，你可以听到令人愉快的交谈声。

“挺壮观的吧，是不是？”亨利问我，“上帝是仁慈的。”

我走下楼梯，到了体育馆那一层。我看到我在文章中提及的那个丢失了脚趾头的男子。在我的文章里，我提及他的妻子和女儿八年前离开了他，她们的离去使他的境况更加糟糕。显然，有人看到了报上的照片，认出了他，代为联系到了他妻子和女儿。

“我马上就要见到她们了。”那个男子说。

谁？你妻子吗？

“还有我的小女孩。”

马上？

“是呀。都有八年了，伙计。”

他抽了一下鼻子。我感觉他有什么话要说。

“谢谢你。”他终于憋出了这么一句。

然后他就走开了。

这一句“谢谢你”让我所感受到的，比任何其他的感谢词都要多得多。

******

正准备要离去的时候，我看到拄着拐杖的卡斯。

“米奇先生。”他抑扬顿挫地招呼我。

现在这里可暖和多了啊，我说。

“是的，先生，”他说，“我们这里的人们现在可开心啦。”

我看到男男女女们排起了长队。一开始我以为他们是在领食物，或许是领取第二份，但我又注意到队伍的顶端有一张桌子，一些志愿者们正在那里分发衣物。

一个大块头男人套上了一件过冬外套，然后冲着亨利嚷嚷道：“嗨，牧师，有没有特特特大号的啊？”

亨利呵呵笑了。

这是怎么回事啊？我问。

“那些都是捐献来的衣物。”亨利说。

我注意到有好几大堆衣服。

数量可真不少啊，我说。

亨利看着卡斯。“他还没有参观过？”

下一刻，大块头牧师亨利和一条腿的卡斯长老就命令我尾随他们一起去一个房间，一边走，我一边感慨自己怎么老是跟在虔诚的宗教信徒的屁股后面。

卡斯找出钥匙。亨利推开了一扇门。

“看看。”他说。

教堂里堆满了一包又一包的衣服，夹克衫，鞋子，外套，还有玩具。从头到尾，每一排座位上都堆满了。

我咽了一大口口水。亨利是对的。在那一刻，使用什么样的称号是无所谓的。上帝是仁慈的。

“大先生”二〇〇〇年所作的一篇布道辞

“亲爱的朋友们,我快要死了。

“不要感到悲伤。我从一九一七年七月六日,也就是我出生的那一天起,就踏上了奔赴死亡的旅途。正如赞美诗中所唱的,“人生在世,有生即有死。”

“现在,让我来给你们讲讲一个关于死亡的笑话。有个牧师去访问一个乡村教堂,布道开始的时候他用了一个非常引人注意的开头:

“每个在这个教区的人都会死的!

“牧师四下看看。他注意到最前排坐着的男子,听了他的话咧开嘴大笑。

“‘你为什么笑呢?’他问。

“‘我不属于这个教区,’这个男子回答道,‘我不过是周末来这里看望我妹妹。’”

二月
道别

车子在超市门口停下。这是二月的第一个星期，地上还有积雪，“大先生”看着窗外。蒂拉停好车，熄灭引擎，问他是否下来一起去商店走一走。

“我有点累了，”他说，“我就在这里等着。”

现在回想起来，那肯定是一个先兆。“大先生”非常喜欢逛超市——如果他放弃了去超市，说明事情有些不对劲。

“好吧。”她回答。她在买牛奶、面包和西梅汁的时候，“大先生”一个人坐着，在积雪的停车场，听着印度宗教音乐。这是他在这个世界上最后的独处时光。

回到家以后。他看上去精神很不好，而且感觉疼。家人打了电话，然后把他送到医院。那里的护士问了他一些简单的问题——姓名、住址——他都一一回答。他记不住确切的日期，但知道这一天是总统选举日。他还开玩笑说如果他支持的候选人仅以一票之差落选的话，“那我要杀了自己。”

******

他被留院观察。他的家人赶来探望。第二天晚上，他最小的女儿吉拉尔在房间里陪护他。当时她已经订好了去以色列的机票,正在犹豫是走还是留。

“我想我还是先别走。”她说。

“走,”他说,“你不在,我不会轻举妄动的。”

他的眼睛有点耷拉下来。吉拉尔赶紧招呼护士过来。她问护士是不是可以早点服药,这样可以让他早点入睡。

“吉……”“大先生”嘟囔道。

她抓住他的手。

“记住那些回忆。”

“好的,”吉拉尔回答。她哭了。“我肯定哪里都不去。”

“你要去,”他说,“你在那里还是可以回忆的。”

他们就这样坐了一会儿,父亲和女儿。最终,吉拉尔站起来,依依不舍地吻了他,祝他晚安。护士给了他药片。在护士走出去的时候,他在她身后小声嘱咐道:

“拜托……如果你关上灯,能不能隔一会儿来看看我,别忘了我还在这里?”

那个护士笑了。

“当然。我们怎么会忘记拉比歌唱家呢。”

******

第二天早上,太阳升起后没有多久,“大先生”被护士叫醒。

护士用海绵给他擦身。时候还早，四周很安静。护士温柔地给他擦着身，刚醒来的他轻轻地哼着，唱歌给护士听。

突然，他的头一歪，他的音乐永远地停止了。

那是个夏天，我们坐在他的办公室。我问他为什么会想成为一个拉比。

他掰了掰手指头。

“第一，我喜欢和人打交道。

“第二，我处事温和。

“第三，我耐心。

“第四，我爱做老师。

“第五，我对于我的信仰很坚定。

“第六，这让我传承历史。

“第七 —— 也是最后一点 —— 这个职业能让我按我们的传统所教导的那样去活：活得好，做得好，受保佑。”

这些理由里怎么没有上帝。

他微笑了。

“上帝是排在第一之前的那个理由。”

悼词

座位都坐满了。教堂里挤满了人。人们压低了声音互相打招呼，满含着泪水互相拥抱。大家都避免去看讲坛。大多数的追思会上，人们看着前方，但目视前方的时候很少会看到死者生前的座位。他过去一直坐在那把椅子上……他过去站在那个讲桌后。

"大先生"在那次大中风之后又弥留了几天，留下足够的时间给他的妻子，儿女，孙辈，以及赶来向他道别的人们。我也这样做了，抚摸着他浓密的白发，把我的脸贴着他的脸，向他保证他不会有第二次死亡，他是不会被忘记的，只要我还有一口气在。在我和他重新联系上的那八年里，我第一次当着他的面哭了。

但是我的第一次哭泣，他却看不到了。

我回到家，等着电话。我没有马上开始写悼词。我觉得在他还有一口气的时候做这件事情是不对的。我已经存了好多录音带，笔记，照片和记录便签；我也有他的布道讲稿和报纸剪报；我还有那本阿拉伯语的课本和其中夹着的家庭合影。

等到了那个电话之后，我开始写。我搜集到的那些资料，我一眼都没有看。

******

此刻，我摸了摸放在口袋里，折叠起来的那些打印讲稿。那是他对我提出的最后的要求。在他提出这个要求之后，我以为那是一件大约会用两到三周的时间来完成的事情，现在，八年过去了。我快要五十岁了。镜子里的我看起来老了不少。我努力回想八年前这一切开始时的情形。

你能给我作悼词吗？

感觉像是上一辈子的事情。

低声祈祷之后，他的追思会开始了，这是这个教会六十年来第一次阿尔伯特·刘易斯不能主持或参与的活动。几分钟后，几轮祈祷之后，“大先生”生前鼎力提拔的现任拉比，斯蒂芬·林德曼，怀着爱，用优美的词藻赞美了他的前任。他用了一个令人唏嘘的词语：“啊，逝者如斯。”

然后，教堂里安静了下来。轮到我上场了。

我走上盖着地毯的台阶，走过他的灵柩。那里躺着的人，在他的信仰，美丽的信仰的殿堂里让我成长。我的呼吸变得急促起来，我想我可能得停顿一下才能调匀呼吸。

我站在了他过去站过的地方。

我向前靠了靠身子。

下面就是我的发言。

亲爱的拉比：

好吧，你成功了。你终于让我们在一个不是宗教节日的日子里，聚集在了这里。

我想，在内心深处，我知道这一天终会来临。但是此刻站在这里，我多么愿意时光倒流。你还是站在台上，我还是坐在台下。这里是属于你的。我们总是企盼你在这里出现，来引领我们，启发我们，唱歌给我们听，出问题考我们，告诉我们犹太律法的知识，告诉我们现在学到了哪一页。

在宇宙天地的构成中，我们在地上，上帝在天上，而你呢，你在中间。在上帝太高远难以接近的时候，我们先来找你。就好像在老板的办公室外先和他的秘书套近乎一样。

但是现在，我们去哪里找你呢？

八年之前，在我的一次演讲之后，你找到我，你说你想要我帮个忙。这个忙是这样的：我能在你的追悼会上讲话吗？你的这个要求让我措手不及。我到现在也不知道为什么要找我帮这个忙。

但既然你提出了，我知道有两点：第一我不能说不，第二我需要对你有更多的了解，不单是作为一个神职人员，更是作为一个普通的人。所以我们开始交往。在你的办公室，在你的家里，这里一个小时，那里两个小时。

一周变成了一个月。一个月变成了一年。八年之后的今天，我有时候忍不住会想，这是不是聪明的拉比你故意给我设下的一个圈套，让我不知不觉中上了个成人犹太教育班。在我们的会谈中，你欢笑哭泣；我们争论探讨了大大小小的话题。我还认识到，除了教袍，你会穿黑色的袜子配凉鞋——那看起来可实在不怎么搭——百慕大短裤，格子衬衫和羽绒背心。我还发现你热衷于收藏信件，文章，蜡笔画，过期的《圣堂闲话》杂志。有些人喜欢收藏汽车和衣服。但对于你来说，最值得收藏的是好的思想。

我曾经对你说过，我和你是不同的，我不是为上帝工作的人。你打断我说，“你也是为上帝工作的人。”你还告诉我，等这一天到来的时候，我自然该知道说些什么。

你走了，这一天来了。

这个讲坛感觉像沙漠一样荒芜。

不过没关系，接下来要讲的是你的一些基本情况，任何像样的悼词都该包括这些内容的。你于第一次世界大战期间出生在纽约，你的家庭非常贫穷，你的父亲曾坐了火车去阿拉斯加找出路——但无论在哪里他都一直恪守犹太的饮食戒律。你的曾祖父和岳父都是拉比——虽然你的家族史上出了很多拉比，你却想成为一个历史教师。你热爱教书。你上了犹太学校参加拉比培训，但失败过一次。一个著名的犹太学者对你说了一句话，这句话后来你也一直对我们中的很多人说：“再试试。”

你再试了一次。感谢上帝,你成功了。

你毕业的时候,最热门的事情是到西部去,到加利福尼亚去。那里的人富有,那里有很多新建的犹太教堂。但是,你却选择了离开新泽西两小时车程的这里,来到了这个教区最边远的一站,从一幢改建的民居里开始布道。你选择这样做是因为像杰米·斯特华特在《这是一个美丽的世界》中扮演的角色所说的那样,你觉得不应该远离家人。而且就像电影中的那个角色一样,你一辈子就待在了这个地方。你缔造了这个教会。有些人说,你是把这个教会的职责扛在了自己的肩上。

在你的关爱下,这个教会从改建的民居中发展壮大,成为一个兴旺的教会。而且,我们的教会从地理位置而言,夹在了两所基督堂中间,更加不容易了。但你总是能够与他们和平相处。街对面天主堂的一个牧师曾经辱骂过我们教会的一个教友,你要求他道歉。他那样做了以后,你接受了。作为一个姿态,你等那些天主教小学的孩子们下课之后,在院子里玩耍的时候,故意和那个牧师手握着手,肩并肩地在院子里散步聊天,为了向孩子们证明,不同的宗教之间确实可以和平相处。

你就是那样来引领我们的,使我们有自信,使我们的会员越来越多。你建造了我们的学校,你创建了这个神圣的社区,直到人多到无法容纳。你带着我们去游行,去郊游。你家访。无数的家访。

你是一位人民的拉比,从来不高高在上,人们都想听你的布道，仿佛错过了你的布道本身就是一种罪恶。我知道你很不喜欢看到在布道结束后，人们吵吵嚷嚷离开的情形。但是“大先生”，请你想象一下，有很多教会里布道还没有开始，这一幕就已经发生了。

在做了六十年的拉比之后，你终于退休了。但你没有像其他很多人一样，移居佛罗里达，你只是坐到了教堂的后排座位上。这是一个谦卑的举动，但是在我们心里，你的地位是不能变的，就像心灵不能落后于身体那样。

这里就是你的家，拉比。你在椽上，在地板上，在墙头，在灯光里。你在走廊里响起的回声中。我们听得到你。我仍旧听得到你。

我怎么能——我们怎么能——让你离开呢？你已经融入了我们的生命中，从出生到死亡。你给我们教育，你主持我们的婚礼，你宽慰我们。我们的人生大事总是离不开你，我们的婚礼，我们的葬礼。悲剧发生的时候，你给我们勇气。当我们向上帝嚎哭的时候，你点燃我们心中信仰的小火苗，提醒我们，如同一个智者曾经说过的那样，只有破碎的心才是完整的心。

看看这里曾经破碎过的心。看看教会里的这些面孔。我的一生，就只有你这么一个拉比。你的一生，就只服侍了这么一个教会。不和我们自己的一部分道别，我们如何和你道别？

现在，我们去哪里找你呢？

还记得吗，先生，你告诉过我你童年生活在纽约布朗克斯区的故事。那是一个拥挤的、人和人之间非常亲近的社区。有一次你推了一辆货车，指望会有苹果掉下来。一个邻居从五楼的窗户探出头来冲着你喊，“阿尔伯特，不可以。”从此以后，上帝似乎是在每一个楼梯口，摇着手指头看着你。

好吧，对我们而言，你就是那个摇指头的人，从窗口里伸来。阻止我们做不好的事情，那也就是你所行之善。我们中的很多人已经搬走了，有了新的地址，新的工作，适应了新的气候，但是在我们的脑海里，我们的拉比还是那个人。打开窗，我们仍旧看得到你的脸，听得到你的声音，在风中。

但是现在，我们去哪里找你呢？

在我们最近的几次交谈中，你经常谈到死亡，谈到死亡之后会是什么。你会仰起头，唱道：“天上的主啊，如果你要带我走，请带我走吧，可别让我受太大的痛苦。”

顺便说一下，大先生，关于唱歌。沃特·惠特曼唱《带电的肉体》，比莉·贺莉唱爵士。你唱……随便什么都行。你大概连电话号码本也能唱出来。我打电话给你问候你，你是这么唱的：“白发苍苍的老拉比，已经比不得过去……”

对此我嘲笑过你，但我其实很喜欢你这样。我想我们都非常喜欢，所以一点也不奇怪，上个星期你会为给你洗澡的护士唱歌,但那致命的一次发作终于把你从我们身边带走了。我愿意这么想,上帝一定是非常喜欢他的一个子民那么开心——开心到能够在医院里唱歌——所以他选择了那一个时刻,在你哼歌哼到一半的时候,把你给带走了。

所以现在你一定是和上帝在一起。关于这一点我深信不疑。你告诉我你最大的愿望,是在你死后,能够通过某种方式和我们说话,告诉我们你已经成功而安全地抵达了目的地。就算是死了,你也希望能够再布一次道。

但你也知道,因为那个令人发狂,但又是巨大而无可抗拒的原因,你今天不能再对我们讲话了。因为如果你能够的话,我们就不需要信仰这个东西了。而信仰正是你的一切。你就是你所讲过的那个犹太寓言中的推销员,每天都拜访客户,敲着门,面带微笑推销你的东西,直到有一天,一位客户再也无法忍受你的执著,朝你的脸上吐了一口口水。而你呢,拿出一块手帕,擦掉口水,面露微笑,说,"肯定是下雨了吧。"

今天这里也有许多手帕,大先生,但不是因为下雨。那是因为我们许多人不忍心你离去。我们中的很多人想要向你道歉,因为我们以自身的行动一直在对你说,"走开",因为我们一直对着我们的信仰吐口水。

我不想赞美你。我害怕。我想一个教友不应该赞美他的精神领袖。但我意识到上千的教友会在今天赞美你,在他们开车回家的路上，在餐桌上。悼词不过是记忆的汇总，但我们永远也不会忘记你，因为我们不能忘记你，因为我们每天会怀念你。想象一下，没有你的世界就如同一个上帝越缩越小的世界，然而，上帝是不会缩小的，我相信。

我不得不相信你已经融合在上帝的荣光里，你的心灵就像是一个恩惠，你是天空中的一颗星辰，我们心中的一股暖流。我们相信你和你的祖辈们，和你的女儿同在，和你的过去同在，复归于平静。

愿上帝保佑你，或许他会唱歌给你听，你会唱歌给他听。

我们现在到哪里去找你呢，大先生？

我们会朝着你努力的方向——善良而甜蜜的上帝的人——你一路引领着我们前行的方向。

我们朝天堂的方向看。

……那些被留下的

空虚是不可触摸的，但是“大先生”死后，我发誓我可以触摸到它，特别是在周日，也就是过去乘火车从纽约回来的日子。过了一段时间以后，我把那段时间用在了拜访一个离家更近的地方和人，那就是亨利牧师和特姆博大街上的教堂。我与亨利教堂里的很多人都混熟了，我也喜欢听他讲道。尽管我自己感觉比以前对自己的信仰更为坚定坦然，亨利还是开玩笑地把我称作“此教会第一名正式的犹太教成员”。我又到“流浪者之夜”去了几次，发表了更多关于他们的报道。人们感动了。有些人寄来了钱 —— 五元，十元。有个人沿着密歇根高速公路开了一小时的车来到这里，走进来，四处看了看，似乎是要哽咽的样子，然后递过来一张一千美元的支票，随后就离开了。

亨利去银行开了个账户，专用于教堂的修缮。很多义工跑来帮助分发食物。有一个星期天，一个规模很大的郊区教堂，北山基督教教会，邀请亨利去那里讲道。我跟着他一起去了。他穿上了黑色的长袍，别上了无线话筒。他的讲稿投影在两个巨大的屏幕上，随着他讲话的速度而一起移动。灯光效果好极了，屋顶又坚固又干燥，声音效果堪比音乐厅 —— 讲坛上居然还有一台巨大的钢琴 —— 听众几乎全是中产阶级白人。但亨利不愧是亨利，到那里没过多久，他就四处转悠开了，和会众交谈，鼓励他们充分发挥他们的长处，就像耶稣在那些故事里所做的那样。他欢迎他们到底特律他的教堂去，在那里发挥他们的特长。“如果你在寻找上帝对生命创造的奇迹，”他说，“你眼前就是一个活生生的例子。”

他的讲道结束后，全体听众起立为他鼓掌。亨利往后退了几步，谦逊地低头向观众表示感谢。

我想到了他在市区那破败的教堂。我觉得从某种意义而言，我们每个人自己的天花板上都有一个洞，那就是眼泪流下来，坏事情像西北风那样挂过来的时候的一个洞。我们感到很脆弱；我们为下一次即将到来的暴风雨而感到担忧。

但是那天看到亨利的表现，所有的陌生人都在为他鼓掌，我相信，就像“大先生”曾经告诉过我的那样，如果能有一点信仰，我们就能改变很多事情，世界也会因此而改变，因为在某些时刻，你不得不相信上帝的存在。

* * * * * *

所以，尽管在我写下这些的时候，天还是很冷，雪还堆积在教堂屋顶那块蓝色的遮雨布上，但是一旦春暖花开 —— 春暖花开的那一天总会来的 —— 我们会把那个洞修补好。一天，我告诉亨利。我们会修补好那个洞。那些慷慨良善的心，会帮助我们，我们一定能够筹得足够的资金，换上新的屋顶。我们会这样做的，因为需要这样做。我们会这样做的，因为这是对的事情。

我们会这样做的，因为教会的一个教友生了一个早产儿，她生下来的时候只有几磅重，医生说她很难养活——但她的父母不断向上帝祈祷，她挺了过来，现在，她活蹦乱跳，笑起来的模样能够让饼干从饼干桶里跳出来。她几乎每天晚上都待在教堂里。她在那些无家可归者就餐的桌子旁蹦来跳去，让大人们摸她的头逗她玩。她可能没有太多的玩具，她也没有很多课后活动要参加，但很肯定的是，她有一群爱她的人，一个充满了爱的居所——和一个家庭。

她的父亲就是一条腿的卡斯，她的母亲从前是个瘾君子，叫玛琳。他们在兄弟守护会教堂结的婚。亨利·科温顿是主持婚礼的牧师。

一年后，他们的宝贝小女儿出生了。现在，她已经能够到处走了，好像每天在上帝的私人游乐场里玩。

她的名字，很贴切，叫“奇迹”。

人类的心灵真是让人叹为观止。

* * * * * *

我还一直在疑惑为什么“大先生”要我为他致悼词。我疑惑这到底是为了他，还是为了我好。实际上，他在我做完悼词后几分钟还给了我一个惊喜。

就在主持人开始最后的祷告词的时候,“大先生”的孙子,容,在讲坛上的一个录音机里装上了一盘磁带。过去那个经常传递出阿尔伯特·刘易斯的声音的麦克风,又传来了他的声音。

“亲爱的朋友们,这是你们已经过世了的拉比在讲话……”

他为他的葬礼录制了一盘录音带。除了蒂拉,就是他的购物陪同和护工,谁都不知道这盘录音带的存在。他过世后,蒂拉将录音带交给了他的家人。录音带不长,但在这里面,“大先生”回答了他的一生最常被问及的两个问题。

一个问题是他是否相信上帝。他回答是的。

另一个问题是死后是否会有另外一个世界。在这点上,他说:“我在这里的回答,同样是肯定的。会有一些东西的。但是朋友们,我很抱歉。现在我应该已经知道答案了,但是我无法告诉你们。”

整个教堂里的人都笑了出来。

******

我没有忘记那些关于上帝的文件。几个月之后,我一个人去他的办公室把那些资料给取了出来。我从架子上拿下来。我拿着这些文件夹的时候,身体颤抖了,或许是因为八年来,我一直看着这些文件夹上贴着的“上帝”的字样,时间久了,还真恍惚觉得那里能够吹出仙气来。

我看着这间空荡荡的办公室。我感到了痛楚。我多么希望"大先生"能够和我在一起。我拉开了文件夹。

他就在那里。

因为，在那些文件里，有上百篇文章、剪报、布道笔记，都是关于上帝的，上面还留着他划的线，手写的箭头。这终于让我意识到，我和"大先生"和亨利在一起所花的时间，所有的意义都在于：不是结论，而是探索、学习、到达信仰的彼岸。你不能把上帝装在一个盒子里，但你可以搜集故事，传统，智慧，一定时间以后，你就不需要再把这些东西放在手边，因为上帝已经离你很近了。

你认识的人中有没有宗教人士？你是不是离他远远的？如果是这样的话，请不要再逃走了。或许就坐下聊一分钟。喝一杯水，吃一盘小点心。你或许会发现有很多美丽的事情可以学习，它既不会咬你，也不会让你变得软弱，它只能证明你我的内心都有灵性的火光，而那火焰或许能够拯救你的世界。

******

再回到教堂。"大先生"是这样结束他的录音讲话的："请彼此相爱，经常交谈，不要让小事情磨损友谊……"

然后他唱起了一个简单的旋律，翻译过来后的意思是：

"再见了朋友，再见了朋友

再见,再见

我们会再次相见,再次相见,再见了”

全体会众,再一次,加入了他的歌声中。

你可以说这是他的整个生涯中所引领的最响亮的祈祷。

我一直知道,在结尾,他一定会安排一首歌。

后记

最后一个回忆。

那是在“大先生”去世前不久。

他谈及天堂,突然间,不知道什么原因,我冒出一个念头。

如果你和上帝只有五分钟时间,会发生什么?

“五分钟? ”他问。

是的,五分钟,我回答。上帝很忙,只能分五分钟给你。你只有五分钟时间和他单独在一起,然后“呼”的一声,你该去到哪里,就去哪里。

“那么在那五分钟里可以……? ”他继续问,有些疑惑。

在那五分钟里,你可以提任何你想问的问题。

“哦,这样。”

他把身体靠到椅背上,好像要和坐椅周围的空气商量该如何回答。

“首先,我会说,‘上帝啊,请帮我一个忙,如果可以,请指引我需要帮助的家人在世间的路。给他们一点指引。”

好吧,那花去了一分钟。

“接下来的三分钟,‘上帝啊,你就给那些受难和需要你的帮助和关怀的人吧’。”

你放弃剩下的三分钟?

“如果有人真的需要,是的。”

好吧,我回答。那你还剩下一分钟。

“好的,在那最后一分钟,我会说,‘你看,上帝,我在人间做了那么多善事。我努力跟随你的教导,并传播你的话语。我爱我的家庭。我爱我的邻居。而且,我善待别人。所以,上帝啊,对于这一切,我会得到什么样的奖赏呢?’”

你觉得上帝会怎么回答你呢?

他微笑了。

“他会说,‘奖赏?什么奖赏?那不都是你应该做的吗?’”

我哈哈大笑,他也用手掌拍着大腿哈哈大笑,屋子里满是我们的笑声。那一刻,我想,我们可以在任何地方,可以是任何人,来自任何文化,信仰——一个老师和一个学生探讨人生的意义,我们因为我们的发现而兴高采烈。

开始的时候,我有一个问题。结束的时候,我找到了问题的答案。上帝唱歌,我们跟着哼。有许多曲调,但都是一首歌——一首同样、美好的,充满人性的歌。

我爱上了希望。

I AM MY BROTHER'S KEEPER

致谢

作者在此向亨利·科温顿和阿尔伯特·刘易斯全家表示诚挚的谢意：他们俩的妻子，萨拉·刘易斯和阿妮塔·科温顿；"大先生"的孩子们——沙洛姆，奥娜和吉拉尔；以及亨利牧师的孩子们——雷克玛，肯德里克，凯沙和蒂凡尼。读一本写关于自己的丈夫或者父亲的书，从来就不是一件容易的事情，他们对此书所表现出的容忍，我深表感谢。此外还要向他们的配偶们一并致敬——辛迪·刘易斯，施蒙·利普斯基，布莱恩·沙驰——以及"大先生"众多的孙儿孙女们。

这本书的完成，同样离不开以下这些人的帮助，他们包括安东尼·卡斯特（卡斯），底特律救赎会的查德·奥迪，拉比斯蒂芬·林德曼，蒂拉·辛加，艾迪·爱德曼，诺姆·特拉斯可，犹太教会"和平之家"的工作人员，兄弟守护会的成员们（有些书中所涉人员的名字经过了修改）。感谢麦蒂和丽莎·古德伯格埋头于旧纸堆中所做的整理工作，还有荣·利普斯基，他通过记录祖父的影像资料显示了他对祖父的挚爱。

最诚挚的感谢同样给予向来给我极大支持的亥伯龙图书出版公司的编辑们：莱斯·利威尔斯，艾伦·阿奇，威尔·巴里亚特，菲尔·罗斯，大卫·罗特，文森特·斯坦利，克里斯汀·凯瑟，敏蒂·斯托克菲尔德，杰西卡·维纳，玛丽·库尔曼，玛哈·卡利，萨拉·洛克尔，萨里安·麦克卡汀和麦克·罗堂达。

此外，布莱克英克图书出版公司出色的团队成员们——大卫，苏珊，安通奈拉，安尼克，雷安和戴维，我同样感谢你们。同样，那些在此书还是初稿的时候就开始阅读的人们，还有我的家人和亲朋好友们，罗茜，杰尼，我自始至终感激你们。

最后，我要向我的家乡——新泽西南部——致意，我应该对我的家乡有更多的感激之情；我也要向我现在的家，底特律，表示致意，可能我比其他许多人更热爱这片土地。这是一个特别的城市，有着特别的人民，我很骄傲我生活在这里。

米奇·阿尔伯姆

底特律，密歇根

2009年6月

Mitch Albom
Have A Little Faith

Published by arrangement with author
c/o Black Inc. , the David Black Literary Agency
through Bardon-Chinese Media Agency

图字： 09-2010-355 号

图书在版编目(CIP)数据

来一点信仰/(美)阿尔博姆(Albom, M.)著;吴正译.
—上海：上海译文出版社,2010.8(2021.4 重印)
书名原文：Have A Little Faith
ISBN 978-7-5327-5142-6

Ⅰ.①来… Ⅱ.①阿… ②吴… Ⅲ.①散文—作品集
—美国—现代 Ⅳ.①I712.65

中国版本图书馆 CIP 数据核字(2010)第 123375 号

来一点信仰
[美]米奇·阿尔博姆 著 吴 正 译
责任编辑/黄昱宁 装帧设计/人马艺术设计·储平

上海译文出版社有限公司出版、发行
网址：www.yiwen.com.cn
200001 上海福建中路 193 号
浙江新华数码印务有限公司印刷

开本 890×1240 1/32 印张 9 插页 5 字数 98,000
2010 年 8 月第 1 版 2021 年 4 月第 2 次印刷
印数：30,001—50,000 册

ISBN 978-7-5327-5142-6/I·2924
定价：69.00 元